Diogenes Taschenbuch 21219

de
te
be

E. W. Heine

Hackepeter

Neue KilleKille Geschichten

Diogenes

Umschlagillustration von Helme Heine
Vignette von E.W. Heine

40/96/36/7
ISBN 3 257 21219 4

Eines Tages las ich in einer der besten englischen Wochenzeitungen die Seite, die der gegenwärtigen Literatur gewidmet ist. Der Rezensent begann seinen Artikel mit den Worten: »Mr. Soundso ist kein bloßer Geschichtenerzähler.« Der Ausdruck »kein bloßer« blieb mir in der Kehle stecken. Aus dieser Bemerkung kann ich nur schließen, daß seiner Ansicht nach ein Erzähler mehr sein muß als ein Erzähler. Offensichtlich hält er es wie viele Schriftsteller heutzutage für frivol, in dem verworrenen Zustand der Welt, in der wir leben, Geschichten zu schreiben, nur um dem Leser ein paar angenehme Stunden zu bereiten. Lesen wir Shakespeares Sonette oder die Oden von Keats aus einem anderen Grund, als weil es uns Freude macht?

W. Somerset Maugham

Inhalt

Die Insel

Bernhard sah das Ding als erster. Es trieb steuerbord voraus in der See. Sie segelten seit einer Stunde auf backbord-bug. Er holte die Großschot dicht, ging härter an den Wind und rief nach Beate, die unten in der Kombüse die Peilscheibe reparierte. Als sie nach oben kam, hatte er den Gegenstand aus den Augen verloren. Gemeinsam suchten sie mit dem Fernglas das Meer ab. Nichts. Nur Wellen und glitzernde Lichtreflexionen.

»Du träumst«, lachte sie. »Ich mach dir einen Tee.« Sie wollte schon gehen, da sahen sie es beide. Das Ding tanzte auf den dümpelnden Wellen wie der Schwimmer einer Angel.

»Es ist eine Flasche«, sagte Beate.

Sie segelten vor der Südostküste Afrikas, fern aller Schiffahrtslinien. Schwimmender Abfall war hier so selten wie sauberes Wasser an der Riviera.

Es war eine ganz gewöhnliche Schnapsflasche, grün, mit kurzem Hals, ohne Etikett. Der Korken sah so aus, als hätte er schon in vielen Flaschen gesteckt. Er war speckig schwarz wie altes Leder. Beate rieb die Flasche an ihrer Leinenhose trocken und hielt sie gegen die Sonne. Sie war leicht und schien leer zu sein. Oder war da etwas?

Als sie den Korken mit dem Taschenmesser herausgepolkt hatten, fanden sie einen schmutzig-weißen Lappen. Er sah aus wie leichtes Segeltuch. Der Fetzen war nicht größer als zwei Handflächen. Als sie ihn umdrehten, entdeckten sie die Schrift:

Mary Ann / SOS / 1.3.82

Darunter waren Linien gekritzelt, ein langer senkrechter Strich und mehrere kleine Kringel verschiedener Größe. Einer davon war durchkreuzt, so als habe der Zeichner ihn wieder ausstreichen wollen.

»Eine Flaschenpost«, sagte Beate.

Die Dunkelheit überfiel sie mit tropischer Schnelligkeit. Bernhard holte seinen Sextanten, machte eine Standortbestimmung und trug die Position ins Logbuch ein. Darunter schrieb er: Flaschenpost gefunden. 18.30 Uhr/10. 3. 82.

Unter Deck breiteten sie den Fund auf dem Kartentisch aus. Beide zweifelten nicht daran, daß es sich um einen wirklichen Hilferuf handelte. Eine überzeugende Kraft ging von diesem einfachen Stück Stoff aus. Mary Ann, das war der Name des Schiffes. Viele englische Schiffe hießen so. Im Hafen von Durban hatten sie neben einer ›Mary Ann‹ gelegen. SOS war klar. Jeder kennt den internationalen Hilferuf. 1. 3. 82, das mußte das Datum des Schiffbruches sein. Der Bordkalender zeigte den 10. 3. 82. Der Hilferuf war also neun Tage alt. Da es in diesem Teil des Indischen Ozeans keine nennenswerte Strömung gab, konnte die Flasche nicht weit geschwommen sein. Die Überlebenden mußten sich in erreichbarer Nähe befinden. Aber wo?

Sie studierten die Linien unter der Schrift. Es handelte sich offensichtlich um eine Landkartenskizze. In der langen geschwungenen Senkrechten erkannte Bernhard die Küstenlinie des Festlandes. Deutlich sah man die Trichtermündungen von Limpopo und Sambesi. Die Punkte im Meer waren Inseln. Sie verglichen die Zeichnung mit ihren Seekarten und stellten mit Erstaunen fest, daß der Absender der Flaschenpost sich in der Geographie der Gegend hervorragend auskannte. Die Gruppierung seiner Inseln stimmte mit denen ihrer Karte klar erkennbar überein.

Bernhard zeigte auf den angekreuzten kleinsten Punkt im äußersten Südosten der Inselgruppe.

»Hier ist er«, sagte er. »Hier hat er die Flasche ins Meer geworfen.«

»Wieso er?« fragte Beate. »Vielleicht ist es eine Frau. Vielleicht sind es mehrere Männer. Vielleicht sind sie ein Paar wie wir beide. Wir wissen nichts über den Absender.«

»Wir wissen eine ganze Menge über ihn«, sagte Bernhard. »Er spricht englisch und kann schreiben. Das heißt, er ist wahrscheinlich kein eingeborener Fischer. Die sprechen hier in der Gegend, wenn sie schreiben können, portugiesisch. Er ist allein und hat nichts weiter gerettet als sein Leben. Wäre es anders, so hätte er das ganz bestimmt mitgeteilt. Die traurige Tatsache, daß er allein ist, scheint ihm nicht erwähnenswert. Trotzdem ist er ein ungewöhnlicher Glückspilz, einer, der beim Würfeln immer gewinnt.«

»Wieso?«

»Sonst hätten wir seine Flaschenpost nicht gefunden, eine Woche, nachdem er sie ins Meer geworfen hat, in dieser gottverlassenen Gegend. Wenn das kein Glück ist!«

»Ob er wohl noch lebt?«

»Ganz sicher. Hier unten regnet es regelmäßig. Es gibt Süßwasser, Pflanzen, Fische, Muscheln und Krabben. Er findet alles, was er braucht, um zu überleben.«

Bernhard berechnete den neuen Kurs, setzte Genua- und Besansegel, und als die Sonne aus dem Meer tauchte, trennten sie nur noch neunzig Seemeilen von dem angekreuzten Punkt. Beate plante bereits, wo der neue Passagier schlafen sollte. Ob er wohl groß oder klein war, alt oder jung. Vielleicht brauchte er ärztliche Hilfe. Bernhard überprüfte in Gedanken ihre Proviantreserven. Es gab keine Probleme.

Am Abend saßen sie wieder vor dem Stoffstreifen.

»Womit er das wohl geschrieben hat?« fragte Beate. »Es wird nicht leicht sein, auf einer öden Insel etwas Schreibbares aufzutreiben.«

Bernhard untersuchte das Tuch mit der Kartenlupe.

»Es ist Kohle vermischt mit Fett. Schon die alten Chinesen haben aus Öl und Ruß Tusche gemacht. Das Zeug ist besser als alle Tinten und hält ewig.«

»Wenn er Ruß hat«, sagte Beate, »dann hat er auch Feuer. Woher soll er sonst den Ruß haben. Und wenn er Feuer hat, so geht es ihm gewiß nicht allzu schlecht. Er hat Licht und kann kochen.«

Bernhard bewunderte ihre Logik und freute sich auf den nächsten Tag. Im ersten Morgendunst entdeckten sie die Inseln. Sie schienen bewachsen. Als sie näher kamen, erkannten sie einzelne Palmen. Mit vorsichtigem Abstand segelten sie vor dem Wind nach Süden. Zweimal sahen sie Haie. Endlich erreichten sie die angekreuzte Insel. Sie lag etwa zwei Seemeilen von der nächsten entfernt und hatte eine auffallend starke Brandung. Auf der Suche nach einem Landeplatz entdeckten sie eine Bucht auf der dem offenen Meer abgelegenen Seite. Das Wasser war hier glasklar. Aufgeregt sprangen ein paar fliegende Fische davon. Die Korallen und Seenelken unter dem Bug leuchteten wie Blumenbeete. Nichts verriet die Anwesenheit von Menschen. Die Stille war unheimlich und beängstigend. Beate dachte an Menschenfresser und Bernhard an Piraten.

Bevor sie Anker warfen, steckte er seinen Revolver in die Hosentasche. Dann ruderten sie mit dem Schlauchboot an Land. Der weiße Sandstrand war unberührt. Sie bahnten sich einen Weg durch das dornige Gestrüpp. Kurze Zeit später standen sie auf dem höchsten Punkt der Insel. Ungehindert wanderte der Blick nach allen Seiten. Es war nur ein winziges Inselchen, bewachsen mit hartlaubigem, mannshohem Gebüsch. Es gab weder Menschen noch Tiere, keine Vögel, nicht einmal Insekten. Nur die Brandung rauschte. Sie liefen den schmalen Strand entlang, entdeckten einen kleinen Tümpel mit sauberem Regenwasser und fingen eine fast zwei Pfund schwere Strandkrabbe.

Und dann entdeckten sie die Fußspur. Es war nicht der Abdruck eines nackten Fußes, es war ein Schuh, ein großer Schuh. Der Abdruck war frisch und verlief in ihrer Richtung, so als sei der Mann vor ihnen davon gelaufen.

»Das Boot«, keuchte Bernhard, »wir müssen sofort zurück!« Wie hatten sie nur das Boot allein und unbewacht in der Bucht liegen lassen können. Sie rannten, so schnell sie konnten. Ohne Boot waren sie verloren. Vielleicht war der Mann, den sie suchten, ein Krimineller, ein Verrückter oder ein Wilder, der sich mit ihrem Boot davonmachte und dem es völlig gleichgültig war, was aus ihnen wurde.

Sie rannten um ihr Leben. Und dann warf sich Bernhard zu Boden. Er stürzte und wälzte sich im Sand, als habe ihn eine Schlange gebissen oder als habe er Krämpfe. Er hielt sich die Hände vor den Leib und lachte wie ein Wahnsinniger. Beate verstand die Welt nicht mehr.

»Sieh nur«, lachte er. »Sieh nur«, und zeigte vor sich auf den Strand. Neben dem Schuhabdruck, den sie verfolgten, lief jetzt ein zweiter kleinerer. Und dann begriff sie es auch: Sie verfolgten ihre eigene Spur. Vor ihnen lag die Bucht mit dem Boot. Sie waren zum Ausgangspunkt ihres Inselrundganges zurückgelangt. Das Ganze hatte nicht einmal eine halbe Stunde gedauert. Erleichtert und enttäuscht kehrten sie zum Boot zurück. Sie waren jetzt fast sicher, daß sich außer ihnen niemand auf der Insel befand.

Sie studierten die Flaschenpost, verglichen die

Skizzen mit ihren Seekarten und kamen zu dem Schluß, daß sie sich auf der richtigen, angekreuzten Insel befanden. Der Zeichner hatte sogar die dem offenen Meer abgewandte Bucht angedeutet.

Immer wieder lasen sie den Hilferuf: Mary Ann / SOS 1. 3. 82 ... Mary Ann / SOS 1. 3. 82 ...

Beate meinte: »Vielleicht ist er zur Nachbarinsel geschwommen.«

»Zwei Meilen durch diese Brandung. Das Meer wimmelt von hungrigen Haien. Niemals!« sagte Bernhard.

Vor lauter Grübeln vergaßen sie das Mittagessen. Ein tropischer Regen ballte sich über der Insel zusammen. Es goß in Strömen. Seit dem 1. 3. waren jetzt 14 Tage vergangen.

»Wenn wir hier gestrandet wären, was hätten wir gemacht?« fragte Beate.

»Wir hätten eine Flaschenpost ins Meer geworfen.«

»Und dann?«

Bernhard sah hinaus in den Regen. »Wir würden uns eine Hütte bauen, als Schutz vor Regen und Sonne.«

»Du hast recht«, sagte Beate. »Laß uns nach seiner Behausung suchen.«

Sie kehrten zur Insel zurück und waren sich darin einig, daß sie ihre Hütte auf dem höchsten Punkt der Insel errichtet hätten, um vorüberfahrende Schiffe früh genug erkennen zu können. Sie würden ein Feuer entzünden und grünes Laub hineinwerfen und Rauchzeichen geben. So kletterten sie zum zweitenmal an diesem Tag auf den Hügel.

Die Sonne stand schon tief im Westen. Ein Regenbogen spannte sich über den Himmel. Die Schatten wurden länger und länger. Das Meer war müde.

Plötzlich flog ein schwarzer Gegenstand auf Beate zu. Erschrocken taumelte sie zurück. Da kam bereits der nächste, so als nähme sie jemand unter Beschuß. Die Geschosse verfehlten nur knapp ihr Ziel.

»Fledermäuse«, rief Bernhard.

Die Tiere tauchten vor ihnen aus dem Boden auf. Bernhard bog das dornige Gebüsch auseinander und blickte in den Eingang einer Erdspalte. Sie führte schräg nach unten in die Erde. Eine Höhle!

Vorsichtig steckten sie ihre Köpfe hinein. Die Sonne stand jetzt so tief, daß sie fast waagrecht in die Höhle hineinschien. Sie traten das Gestrüpp vor dem Eingang mit ihren Schuhen nieder und sahen in einen Raum von drei Meter Breite, der sich nach hinten im Dunkeln verlor. Dicht am Eingang erkannten sie eine Feuerstelle mit kalter Asche und angekohlten Holzresten.

»Ist da jemand?« rief Bernhard.

Als Antwort flogen ihnen ein paar Fledermäuse entgegen. Dann war es wieder totenstill.

»Er ist nicht zu Hause«, sagte Beate.

Sie kletterten hinab in die Höhle. Als sich ihre Augen an das Halbdunkel gewöhnt hatten, sahen sie einen Tisch und einen Hocker aus armdicken Ästen, primitiv und wacklig. In einem geflochtenen Korb lag Brennholz. Ein selbstgeschnitzter Krückstock lehnte an der Wand.

»Wo er wohl ist?« fragte Beate.

»Er wird schon kommen.«

»Wir sind den ganzen Tag über die Insel gelaufen und haben ihn nicht gesehen. Wie ist das möglich? Ob er sich vor uns versteckt?«

»Warum sollte er?«

Plötzlich bewegte sich etwas im Hintergrund der Höhle, ganz vorsichtig, aber sie hatten es beide gehört. Da war es wieder!

»Ist da jemand?« fragte Bernhard.

Nichts.

Sie starrten in die Dunkelheit. War da nicht ein Bett, ein Lager aus trocknen Gräsern?

»Vielleicht schläft er«, flüsterte Beate.

Bernhard riß ein Streichholz an. Mehrere erschreckte Fledermäuse jagten durch den Raum.

»Komm, laß uns gehen«, sagte Beate. »Ich möchte draußen auf ihn warten.«

Aber Bernhard hatte bereits das nächste Streichholz angerissen. Da lag doch jemand. Sie sahen es beide: Vor ihnen lag der fast völlig verweste Leichnam eines Menschen. Der flackernde Schatten der Flamme huschte über das knöcherne Gebein. Der Tote grinste sie mit gefletschten Zähnen an. Das flackernde Licht bewegte sich in den leeren Augenhöhlen, als würde das Skelett mit den Augen rollen. Die Flamme verlosch. Die Dunkelheit war erdrükkend. Sie wagten nicht zu atmen. Dann flammte das nächste Streichholz auf. Der Anblick war grausig. Weißes Kopfhaar klebte wie eine schlechte Perücke an dem vermoderten Schädel. Wie Spinnweben klebte ein dünner, langer Bart am Kinn. Er lag über einer Halskette mit goldenem Kreuz. Bevor das Licht erlosch, sahen sie die rußige Schrift an der Wand über dem Lager: Mary Ann / 1. 3. 82.

Dann stürzten sie zum Ausgang der Höhle.

Dunkle Gewitterwolken hingen über der Insel. Es regnete in Strömen. Sie faßten sich bei den Händen und rannten den Hügel hinab zum Schiff.

Beate fragte: »Wer war der Tote?«

»Er war der Mann, den wir suchen«, sagte Bernhard. Und er fügte hinzu: »Mary Ann / 1. 3. 82 ... 1882. Wir waren hundert Jahre zu spät.«

Der Bienenstich

Als der Strafvollzugsbeamte Fehrbelin morgens um sechs Uhr dreißig die Zelle einhundertundvierzehn aufschloß, saß Leo Kowalzik auf seinem Bett und rauchte. Sein Mitgefangener Martin Maus lag mit dem Gesicht zur Wand unter seiner Wolldecke.

»Auf auf, ihr Schlafmützen!«

Martin Maus rührte sich nicht, weder jetzt noch später, denn er war tot, mausetot. Fehrbelin sagte später aus: »Er lag da so friedlich, als ob er schliefe.«

Erst als sie ihn in der Klinik entkleideten, entdeckten sie die bohnengroße Wunde unter seinem Herzen. Irgend jemand hatte ihn erstochen, mit einer spitzen, mindestens zwanzig Zentimeter langen Waffe.

Wenn von zwei Männern, die in einer Zuchthauszelle leben, einer im Schlaf erstochen wird, so braucht man weiß Gott keinen Meisterdetektiv, um den Mörder zu finden. So sollte man meinen. Aber weit gefehlt. Zwar kam nur Leo Kowalzik als Schlächter in Frage, denn keiner außer ihm konnte die Tat begangen haben. Der Tatort war eine verschlossene und bewachte Zuchthauszelle. Das Dumme war nur, daß das Wichtigste fehlte, nämlich die Tatwaffe. Ohne sie konnte Leo Kowalzik den Mord gar nicht begangen haben. Und da sich das Verbrechen in einem geschlossenen Raum ereignet hatte, mußte das Messer vorhanden sein. Ein zwanzig Zentimeter langer Dolch ist keine Stecknadel im Heuhaufen. Der vergitterte Raum hatte keine festeingebaute Toilette. Der Eimer war leer. Wenn der Täter die Waffe aus dem Fenster geschleudert hatte, so mußte sie im asphaltierten Gefängnishof liegen. Dort war sie aber nicht. Und es stand fest, daß seit der Tat niemand den Hof betreten hatte. Die Zelle wurde wie ein Puzzlespiel in tausend Einzelteile zerlegt. Vergeblich. Kowalzik wurde geröntgt. Nichts.

Gott sei Dank hatten sie wenigstens die Leiche.

Im gerichtsmedizinischen Labor wurden die Wundränder mit allerfeinsten Mikroskopen untersucht, um die Materialbeschaffenheit der Tatwaffe herauszufinden. Man fand nichts, absolut nichts. Die Waffe schien materielos zu sein wie ein Blitz oder ein Laserstrahl, aber die hätte man sofort an ihren Verbrennungen erkannt.

Zwischen dreiundzwanzig und vierundzwanzig Uhr war der Dolch dem Opfer ins Herz gefahren.

Man rekonstruierte die Stoßrichtung und berechnete die Wucht der Waffenführung in Kilopond pro Quadratzentimeter. Seltsam war, daß der Tote kaum Blut verloren hatte und daß die Richtung des zerstörten Zellgewebes eindeutig nach innen wies. Die Experten kamen zu dem Ergebnis, die Waffe sei zwar hineingestoßen, aber nicht wieder herausgezogen worden. Sie müßte eigentlich noch in der Wunde stecken. Und da war sie natürlich nicht.

Die Verhöre brachten nichts. Der Angeklagte schwieg, schüttelte den Kopf, hob bedauernd die Schultern.

Wenn den Beamten der Kragen platzte, sagte er: »Wenn ihr meint, daß ich es war, so sperrt mich doch ein.«

Leo Kowalzik war seit sieben Jahren hier. Er war ein Lebenslänglicher und hatte sich mit seinem Schicksal abgefunden. Keiner der Gefangenen wußte, was er verbrochen hatte. Er sprach nicht über seine Schuld. Er war ein Eigenbrötler. Sie nannten ihn »Bienenkönig«. Den seltsamen Namen verdankte er seinem ungewöhnlichen Hobby. Er liebte Bienen über alles. Sie waren sein Lebensinhalt. Er unterteilte das Jahr in zwei Hälften. Den sommerlichen Teil nannte er die Bienenzeit. Die kalten Tage aber waren die bienenlose Zeit. Gegenwärtig lebte er am Ende einer bienenlosen Zeit und zählte die Tage bis zur Rückkehr seiner Freunde. Dann würde er wieder Honig aufs Fensterbrett streichen, um seine Lieblinge herbeizulocken. Sie mochten es, wenn er ihnen behutsam das weiche Rückenfell kraulte. Er sprach mit ihnen wie mit seinen Kindern und studierte ihr Verhalten, als könne er von ihnen lernen.

Seine Zelle lag auf der obersten Etage der Anstalt. Wenn er den Arm durch die Gitterstäbe streckte, konnte er mit den Fingerspitzen die Dachrinne berühren. (Auch dort hatte man nach der Tatwaffe gesucht.) Die Bienen liebten den luftigen, regengeschützten Platz. Sie kamen zu Hunderten. Leo Kowalzik hegte sein Revier wie ein Förster. Die hungrigen und verwundeten versorgte er. Die alten und gebrechlichen erlegte er schmerzlos mit einer Nadel. Kein Schlachter und kein Torero kannte die Stelle des richtigen tödlichen Stiches besser als er. Er zog ihnen das Fell ab und spannte es mit Stecknadeln auf halbierten Korken zum Trocknen. Die pfenniggroßen Fellchen lagerte er in leeren Zigarrenkisten. Während der bienenlosen Zeit nähte er sie mit feinem Seidengarn zusammen. Zweihundert ergaben ein Stück Fell von der Größe eines Handtellers, kostbarer als Hermelin und leicht wie Spinngewebe. Die enthäuteten Tiere legte er unter sein Mikroskop, um ihre Muskeln und Nervenbahnen zu studieren, vor allem ihre Stachel interessierten ihn. Man witzelte, er bereite sich einen Stärkungstee aus Drohnenhoden. Andere Häftlinge behaupteten, er habe die Sprache der Bienen erlernt und könne die Insekten abrichten wie junge Jagdhunde. Natürlich gab es auch Gerüchte, er habe Martin Maus mit Hilfe seiner Bienen ermordet.

Dieses Gerede war albern und übertrieben, entbehrte aber dennoch nicht jeglicher Grundlage.

Leo Kowalzik war ein Bienenmensch. Er tötete nicht aus Habgier, aber er stach ohne zu zögern zu, wenn er sich in seinem Lebensraum bedroht fühlte. Beim erstenmal war er sieben Jahre alt gewesen.

Unbarmherzig fielen die Stockschläge auf sein entblößtes Hinterteil. Er versuchte sie abzuwehren, aufzufangen. Die Rute zerhackte die nackten Hände. Ein Feuerwerk von Dornen und Glassplittern zerriß seine Sinne. Mit zornverzerrter Fratze schlug der Alte auf ihn ein. Noch heute heulte Leo in seinen Träumen vor Wut, weil er so winzig gewesen war, der Alte aber wie alle Gebirge der Erde, wie ein Ozean, wie das ewige Eis und alle Wüsten. Es waren die Bienen, die ihm die Macht der Kleinen zeigten.

Der Krug entglitt seinen Händen. Erschrocken starrte er auf die Scherben. Wie ein Gewitter erhob sich der Alte. Die Hose wurde heruntergerissen.

Halbtot vor Furcht erwartete er den ersten Hieb. Und dann schrie der Alte. Aber nicht vor Zorn. War es Angst? War es Schmerz? Eine Biene hatte ihn in die Lippe gestochen. Der Allmächtige schrie wie ein Schwein beim Schlachtfest. Die Augen traten ihm aus dem Kopf, und sie legten Eis auf sein geschwollenes Maul. Eine Biene hatte ihn erledigt, eine kleine Biene!

Und dann kam der Tag, an dem Leo den Bienenschwarm im Obstgarten entdeckte. Er fing ihn in einer Hutschachtel. Die Tiere rasten vor Zorn. Vorsichtig trug er sie zu dem freistehenden Holzhäuschen mit dem Herzen in der Tür. Dort warf er die Schachtel ins Klo, öffnete sie mit einem Stock und legte blitzschnell den Deckel auf den Sitz ...

Der Alte verriegelte die Tür von innen, ließ die Hosen herab, öffnete den Toilettendeckel ...

Kein schöner Tod. Aber wenigstens einmal in seinem Leben sollte er am eigenen Hinterteil erfahren, wie viele empfindliche Nerven hier enden.

Als die Bienen davongeflogen waren, hatte Leo die Hutschachtel aus dem Klo geholt. Goliath ist tot. Es lebe David! Für die anderen war es ein Unfall.

So hatte es begonnen.

Nur einmal hatte er einen Fehler gemacht. Sonst

säße er nicht im Zuchthaus. Noch einmal würde ihm das nicht passieren.

Martin Maus war ein Monster. Er haßte Insekten in jeder Form. Wenn sich eine Ameise oder ein Käfer in die Zelle verirrte, so zertrat er sie. Für ihn waren alle Geschöpfe Ungeziefer. Nicht auszudenken, was er mit den Bienen anstellen würde. Die Bienenzeit stand vor der Tür. Zum erstenmal, solange er zurückzudenken vermochte, empfand Leo Kowalzik keine Vorfreude. Wußte die Anstaltsleitung, was sie tat, als sie ihm diese Drohne in die Wabe steckte? Lag es an ihm, daß es mehr Gesetzesbrecher als Zuchthauszellen gab? Seit sieben Jahren lebte er allein in seiner engen Wabe. Nicht, daß er sich beklagte. Der Raum reichte für einen. Aber nur für einen. Selbst im volkreichen Bienenstaat gibt es das Naturgesetz des kleinsten Raumes. Geraten zwei Eier in eine Wabe, so kommt es unausweichlich zum Zweikampf auf Tod und Leben.

Leo Kowalzik wartete auf den richtigen Augenblick.

Dann kam der Frost. Er löste über Nacht und mit einem Schlag alle Probleme. Eigentlich war alles so einfach gewesen. Kowalzik verstand nicht, daß niemand darauf kam. Vielleicht mußte man ein Bienenmensch sein, um den richtigen Stechinstinkt zu entwickeln.

In der Nacht hatte er durch die Gitterstäbe gelangt und den kräftigsten der Eiszapfen von der Regenrinne abgebrochen. Das Eis war hart und scharf wie Glas. Schnell und sicher wie eine Biene stieß er zu. Der andere war sofort tot. Das Eis stillte den Blutfluß. Die Tatwaffe aber zerschmolz in dem warmen Leib zu Wasser.

Leo Kowalzik war wieder allein. Seine Wabe gehörte nur ihm. Er freute sich auf die Bienenzeit.

Lila Leichengift

Ich sah die Kleinanzeige in der U-Bahn auf dem Weg ins Büro. Unscheinbar wie ein Ziegelstein in einer Mauer steckte sie zwischen den anderen gleichgroßen Inseraten der Morgenzeitung. In seltsam verkrüppeltem Deutsch stand da:

Mercedes 450, silb.-met. neuwertig, Bj 3/80,
Leder, Klima etc. 1. Hd. Tel. 545088

Am Ende dieses sprachlichen Hackfleisches kauerte klein und bescheiden der Preis, so bescheiden, daß es sich eigentlich nur um einen Druckfehler handeln konnte. Vielleicht war es aber auch jene günstige Gelegenheit, die sich jeder erhofft, der die Annoncen einer Tageszeitung liest. War es ein Unfallwagen? Dann durfte er nicht als neuwertig angeboten werden. Also doch ein Druckfehler? Wie war das eigentlich, war ein Verkäufer nicht rechtlich verpflichtet, eine Ware zu dem Preis zu verkaufen, für den er Werbung gemacht hatte? Die Angelegenheit begann mich zu interessieren. In meinem Büro – ich arbeite für eine Werbeagentur – wählte ich die angegebene Telefonnummer.

Es meldete sich eine alte Frau mit wehleidiger Stimme: »Ja, der Wagen steht zum Verkauf. Es haben schon zwei Herren angerufen. Wer zuerst kommt, bekommt ihn. Wie bitte? Ja, der Preis ist in Ordnung. Aber bitte bar. Probefahrt? Natürlich. Am besten, Sie kommen sofort.«

Ich tastete nach meinem Scheckheft in der Jakkentasche, heuchelte Zahnschmerzen und machte mich, begleitet vom Mitgefühl meiner Kollegen, auf den Weg. Wenn die wüßten! Wie pflegte mein Chef zu sagen: »Eine gute Idee bringt mehr ein als ein Jahr harte Arbeit!«

Während ich auf meinen Omnibus wartete, fuhr ein silberner Mercedes vorüber. »Mercedes von links, Glück bringt's«, sagte ich und dachte: ›Große Ereignisse werfen ihre Schatten voraus.‹ Ein Mercedes ist – oder besser war – für mich der Inbegriff allen Glückes. Andere träumten von Segelbooten, von Weltreisen oder Reitpferden, ich wollte immer und vor allem einen Mercedes, ein Sportcabriolet, einen Silberpfeil. Als unglücklich verliebter Primaner habe ich James Dean beneidet, der mit solch einem Geschoß in die Unsterblichkeit raste. Später reichte mein Gehalt nur für einen Volkswagen. Als es endlich bergauf ging, wollte Dagmar die Scheidung. Das, was mir blieb, reichte gerade für einen Opel.

Die Adresse lag außerhalb der Stadt im Hinterhaus einer Handlung für Kohlen, Kartoffeln und Baustoffe. Zwischen rostendem Schrott trockneten fleckige Laken. Ein neurotisch zitternder, schwanzloser Köter kläffte seinem Herzinfarkt entgegen. Die Alte sah genau so aus, wie ich sie mir vorgestellt hatte. Wenn der Mercedes sich in der gleichen Verfassung befand, war er schrottreif. Sie schlurfte vor mir her zu einem Schuppen aus Wellblech. Ihre Strümpfe welkten schlapp über dicken Krampfadern. Auf ihren krummen Schultern glitzerten die Schuppen wie Schmalzgrieben. Sie schob eine schlecht geschmierte Schiebetür beiseite, und da stand er wie ein Eisberg in der Sahara. Es verschlug mir die Sprache. Er glänzte wie der letzte Schrei in einem Autosalon. Das konnte doch nicht wahr sein.

»Ist das ...?«

»Ja, das ist er«, keifte die Alte mit erschreckender Lautstärke. Es war offenkundig, daß sie trotz ihrer großen Ohren schwerhörig war. Mit Erstaunen sah ich, wie sie den Wagen zärtlich streichelte, so als sei er lebendig, ein Enkelkind oder Schoßhund. »Ist er nicht schön«, sagte sie.

»Doch, sehr schön, aber ...«

»Wollen Sie die Wagenpapiere sehen?« Sie kramte aus ihrer Schürze ein Bündel hervor, das von einem roten Gummiband zusammengehalten wurde. Die Dokumente waren neu wie der Wagen, kein halbes Jahr alt, ausgestellt auf den Namen eines Mannes, der, wie ich an seinem Geburtsdatum sah, in diesem Monat vierunddreißig Jahre alt geworden war.

»Mein Sohn«, sagte die Alte.

»Und warum will er verkaufen?«

»Wer?«

»Na, Ihr Sohn.«

»Mein Sohn hätte nie verkauft. Er hat dieses Auto geliebt wie einen Menschen. Er ist ...«, sie zögerte einen Augenblick, »... er ist tot.«

»Oh«, sagte ich, »das tut mir leid.«

»Er ist in diesem Wagen gestorben. Er hat sich das Leben genommen, vergiftet. Als man ihn fand, war er bereits vier Wochen tot. Er hat sein technisches Spielzeug geliebt wie ein großes Kind. Jahrelang hat er dafür gespart. Ich möchte, daß ein junger Mann diesen Wagen bekommt, der so viel Liebe für ihn empfindet wie mein Sohn.« Sie streichelte den Wagen.

Draußen bellte wieder der neurotische Köter seinen Zorn in den verregneten Tag.

»Ach, da ist wohl schon der nächste Interessent«, sagte die Alte. »Wenn Sie Interesse haben ...«

»Ich nehme den Wagen«, unterbrach ich sie.

Sie betrachtete mich prüfend. Ihre in Falten gebetteten Elefantenäuglein betasteten mich wie eine Ware. Ich fühlte mich wie Hänsel im Käfig der Hexe. Sie gab mir ihre gichtknotige Hand und sagte: »Ich gebe Ihnen sein Auto. Aber nur unter einer Bedingung: Sie müssen mir schriftlich versprechen, daß Sie den Wagen für sich selbst kaufen. Ich möchte nicht, daß mit dem Vermächtnis meines Sohnes Geschäfte gemacht werden. Die Wagenpapiere bleiben in meinem Besitz, damit Sie ihn nicht verkaufen können. Sie erwerben das uneingeschränkte Benutzungsrecht. Seien Sie gut zu ihm.« Und wieder streichelte sie den glänzenden Lack, als nähme sie Abschied von einem Freund. »Wenn Sie ihn irgendwann einmal nicht mehr mögen, nehme ich ihn zurück.«

Nach kurzer Probefahrt folgten ein paar Unterschriften, und ich war der Besitzer eines Silberpfeiles. Mein schönster Jugendtraum hatte sich erfüllt. Der Blick in den Annonceteil der Morgenzeitung hatte sich gelohnt. Wie pflegte mein Chef zu sagen: »Eine gute Idee bringt mehr ein als ein Jahr harte Arbeit.«

Kleider machen Leute. Aber Autos machen aus Leuten große Leute. Ich fühlte mich wie James Bond. Endlich gehörte ich dazu: Jet-set, Senatorenklasse, VIP.

Mit herabgelassenen Seitenscheiben schwebte ich

wie eine Wolke durch die Alleen. Mein Spiegelbild glitt über die Schaufenster und mischte sich mit den exklusiven Auslagen, mit Pelzen, Juwelen und teuren Parfums. Aus den Lautsprechern meiner Stereoanlage pulste der Bolero von Ravel. Welch eine Lust zu leben! Eine Ampel. Neben mir in einem alten Ford zwei junge Frauen. Ich spürte ihre Blikke. Im Spiegel sah ich ihre Lippen. Sie sprachen von mir. Ich verstand kein Wort. Aber in der Art, wie sie sich die geschminkten Lippen leckten, wie sie lachten und kokettierten, wie sie Ohs und Ahs formten, in dieser sinnlichen Art lag die ganze Hingabe des schwachen Geschlechts an den Erfolgreichen. Ein paar Schulmädchen auf dem Zebrastreifen drehten sich lachend nach mir um. Ich fühlte mich ungeheuer potent und high wie auf einem Kokaintrip.

Ich weiß nicht mehr, wie lange dieser Höhenflug dauerte, aber er endete wie jeder irdische Rausch mit einem Kater. Wann ich den Geruch zum erstenmal wahrnahm, kann ich nicht mehr mit Bestimmtheit sagen, aber danach ließ er mich nicht mehr los. Es war ein widerwärtiger, bittersüßer Geruch, klebrig und lila wie verwesendes Fleisch.

Ich öffnete die Fenster, versprühte eine ganze Flasche Rasierwasser, kaute Pfefferminz-Dragees. Der Geruch blieb. Ich versuchte, ihn nicht wahrzunehmen, ihn gewissermaßen zu überriechen, aber es erging mir wie einem Zahnwehgeplagten. Je mehr man sich bemüht, den Schmerz zu vergessen, um so häufiger tastet die Zunge nach dem freiliegenden Nerv.

Nachts hörte ich die rostige Stimme der Alten: »Er ist in diesem Wagen gestorben. Als man ihn fand, war er bereits vier Wochen tot.« Und dann sah ich seine Leiche zähflüssig zerfließend wie ein überreifer Limburgerkäse, lila-grün phosphoreszierend. Es wimmelte von glitschigen Maden. Ich spürte sie auf meiner nackten Haut. Naßgeschwitzt schreckte ich aus dem Schlaf. Übelkeit würgte mich. Überall war der klebrigsüße Gestank zerfließenden Fleisches. Er hockte wie ein Polyp in meiner Stirnhöhle. Immer häufiger griff ich mitten in der Nacht zur Whiskyflasche. Die Schlaftabletten auf meinem Nachttisch wurden immer stärker.

In meiner Freizeit baute ich die Autositze aus, vertauschte die Fußbodenbeläge, bearbeitete die Decken- und Wandverkleidungen mit Spezial-Reinigungsschaum, verstreute Fichtennadelsalz und gehackten Knoblauch, verbrannte indische Räucherstäbchen und teure Zigarren. Alles vergeblich! Es schien, als hocke der giftige Atem des Todes sogar im Blech und im Glas.

So wie es Menschen gibt, die auf Heu, Erdbeeren

oder Katzen allergisch reagieren, so erging es mir nach kurzer Zeit mit meinem Mercedes. Wenn ich nur die Wagentür öffnete, so sträubten sich mir alle Haare vor Ekel. Ich bekam einen gürtelroseähnlichen Hautausschlag, der sich erst besserte, als ich wieder mit der U-Bahn fuhr und den Wagen in der Garage ließ.

Zu der Zeit wog ich nur noch sechzig Kilo.

Mein Chef hatte mich zweimal verwarnt, die Finger vom Alkohol zu lassen. Ich wußte, ich mußte irgendwann den Steuerknüppel ziehen, um meinen Sturzflug abzufangen. Ich hatte Stiche in der Brust und kotzte bei jedem Anlaß. Es war das Ende.

Nicht einmal drei Wochen nach Erfüllung meines Jugendtraumes stand ich wieder im Hinterhof der Kohlenhandlung. Die Alte keifte schlimmer als ihr Köter: »Das hätte ich mir bei Ihnen gleich denken sollen, daß Sie den Wagen nur für eine Spritztour wollten. Hätte ich bloß nicht die anderen Interessenten weggeschickt. Jetzt muß ich neu annoncieren. Das werden Sie mir bezahlen, junger Mann. Wer weiß, was Sie mit dem Wagen meines Sohnes alles angestellt haben. Woher soll ich wissen, daß noch alles in Ordnung ist. Ich werde einen Gutachter kommen lassen, auf Ihre Kosten.« Sie gab mir die Hälfte meines Kaufpreises zurück: »Den Rest behalte ich als Wagenverleihgebühr und als Abnützung. Wenn Sie wollen, können Sie mich verklagen.«

Um eine unangenehme Erfahrung reicher und um eine Summe ärmer, für die ich mir einen neuen Mercedes dreimal so lange hätte leihen können, machte ich mich auf den Weg zur nächsten U-Bahn-Station. Der klebrig-süße Geruch des Todes schreckte mich noch wochenlang aus dem Schlaf.

Schon am nächsten Tag stand die Verkaufsanzeige des Mercedes wieder in der Morgenzeitung, zwei Tage lang, dann war sie verschwunden. Drei Wochen später war sie wieder da, und ich wußte, warum.

Sie erschien nun leicht verändert, aber stets mit der gleichen Telefonnummer, in regelmäßigen Abständen. Die Nerven der Alten mußten inzwischen total im Eimer sein, ganz zu schweigen vom Geruchssinn ihrer Käufer. Die Intervalle zwischen den Verkaufsangeboten wurden allmählich größer. Vielleicht verblaßte der Gestank allmählich. Alles ist vergänglich. Auch der Hauch des Todes, sagte ich mir.

Am Freitag, dem 13. September – ich erinnere mich so genau an das Datum, weil ich von Natur aus abergläubisch bin – hatte ich eine Verabredung mit einem Kunden, dessen Büro nur zwei Querstraßen von der Kohlenhandlung der Alten entfernt lag. Als ich den Auftrag in der Tasche hatte, war es nach sechs. Es lohnte sich nicht mehr zurückzufahren in die Agentur. Ich hatte Zeit und ließ meine Füße wie zwei Kutschpferde laufen, wohin sie wollten. Natürlich trugen sie mich zu meinem Mercedes.

Das Tor zum Hof stand weit offen. Der sonst frei umherspringende Köter war nirgends zu erblicken. In den Fenstern der Nachbarhäuser brannte bereits elektrisches Licht. Die Kohlenhandlung war dunkel wie eine Ruine. Die Alte und ihr Hund waren nicht zu Hause. Ich schaute mich um. In beiden Richtungen war die Straße menschenleer. Die Alte brauchte mindestens zehn Minuten, um die überschaubare Strecke zurückzulegen. Ich nahm mir ein Herz und überquerte den Hof mit schnellen Schritten. Das Garagentor war zu. Ich zog an der Klinke. Sie gab nach. Quietschend öffnete sich die eiserne Tür. Im letzten Tageslicht stand er vor mir, schön und rassig wie ein edles Pferd. Ich legte meine Hand auf den Lack und streichelte ihn, so wie es die Alte gemacht hatte. Mein Mercedes.

Doch dann traf es mich wie ein Faustschlag in den Magen. Der Gestank war unerträglich. Meine Augen füllten sich mit Tränen. Die Ohren summten wie ein Bienenschwarm. Und dann sah ich es:

Es waren keine Bienen, es waren Fliegen, grüngeflügelte Schmeißfliegen. Sie quollen aus allen Ritzen des Autos. Mein Gott, die Alte! Mein erster Gedanke war: Die Alte ist ihrem Sohn gefolgt und hat sich wie er in dem Wagen das Leben genommen! Ich hielt die Luft an und trat einen Schritt näher. Ich erkannte die Blechschüssel auf dem Rücksitz. Sie war gefüllt mit verwesenden Innereien, mit fauliger Lunge und gedunsenem Schweinegedärm, zähflüssig wie alter Camembert und bewegt von glitschigen Maden und Fliegen.

Ich stürzte zur Tür. Bevor ich mich übergab, dachte ich an die Worte meines Chefs: ›Eine gute Idee bringt mehr ein als ein Jahr harte Arbeit!‹ Wie recht er hatte! Die Alte mußte ein Vermögen gemacht haben, steuerfrei, mit einer Schüssel Fleisch und einer guten Idee.

Darkmai

Der Wind war vor langer Zeit eingeschlafen. Erbarmungslos verbrannte die Sonne das Land. Die vergiftete Luft in den Straßenschluchten flimmerte über heißem Asphalt. Selbst die Hunde hatten die fiebernde Stadt verlassen.

Sie lag nackt auf den Fliesen des Fußbodens und spürte mit dem Bauch die erregende Kühle. Das Penthouse lag über der Stadt auf dem Gipfel eines gläsernen Wohnturmes. Monoton wie ein Insektenschwarm brummte die Klima-Anlage. Darkmai träumte mit offenen Augen: Sinnliche Spiele, gleitende Umarmungen, nackte Haut auf nackter Haut, Liebkosungen, Zungenberührungen, Spiele, von denen sie nie genug bekam. Sie träumte von Carlos.

Wie die meisten jungen Männer ging Carlos täglich zur Arbeit. Er verdiente sein Geld in einer Behörde, die großen Wert auf Pünktlichkeit legte. Morgens um Viertel acht schloß er die Wohnungstür hinter sich, und nachmittags um halb fünf kehrte er zurück. Oh, wie sehr sie ihn erwartete! Wie lang waren die Tage, und wie kurz war die Nacht!

Die Leute im Haus wußten nicht, daß sie mit ihm lebte. Er verbarg sie vor den anderen wie einen Schatz. Darkmai war fünfzehn. Ihre Heimat war Thailand, und wie alle Thais war sie grazil wie eine Gazelle. Sie war zierlich, ohne klein zu sein. Wenn sie neben Carlos lag, war sie fast so groß wie er. Ihre Haut war glatt und kühl, fast kindlich und ohne Körperbehaarung. Ihre Umarmungen waren erstaunlich kraftvoll, sinnlich und fordernd. Ihre Küsse waren scheu. Sie war sanft wie eine Taube und anschmiegsam wie eine Eichkatze. Sie kannte das Geheimnis der Thaimädchen: Herrsche durch Hingabe! Wenn sie sich durch die Wohnung wiegte, bewegte sie sich mit der Anmut einer Tempeltänzerin. Und das war mehr als nur ein Vergleich, denn ihre Vorfahren hatten in den Felsentempeln von Shang Mai zum lockenden Klang der siamesischen Bambusflöten getanzt. Manchmal tanzte sie für ihn, nur für ihn. Die Tugend der Thais ist ihre Treue. Obwohl sie sinnlich wie eine Schlange war, träumte sie nie von anderen Männern. Sie gehörte nur ihm. Mit anderen Männern spielte sie so, wie Katzen mit Mäusen spielen. Es bereitete ihr teuflische Freude, andere zu erschrecken. Sie beherrschte dieses Spiel grausam und selbstsicher.

Sie lag auf dem Bett und wartete. Was war das? Waren da nicht Schritte? Stille. Ja, da waren sie wieder. Sie kamen näher, hielten vor der Tür. Der Briefträger?

Ein Schlüssel wurde ins Schloß geschoben. Carlos? So früh? Der Schlüssel schien nicht recht zu passen. Warum brauchte Carlos so lange? Sie spürte die Gefahr des Außergewöhnlichen. Vorsichtig richtete sie sich auf und lauschte. Jetzt schnappte das Schloß auf. Fremde Schritte. Füße ohne Schuhe tasteten sich über den Boden, vorsichtig wie Jäger, nein wie Gejagte. Sie glitt vom Bett und wartete. Langsam öffnete sich die Zimmertür. Ein Schwarzer huschte in den Raum. Witternd verharrte er, so als spürte er ihre Anwesenheit. Nur seine Augen bewegten sich, verweilten auf dem silbernen Kerzenleuchter, wanderten weiter zu der Kamera auf dem Schreibtisch. Der Dieb drehte ihr den Rücken zu. Vorsichtig schlich sie sich näher. Dicht hinter ihm richtete sie sich auf. »Sssssssst« machte sie. Zu Tode erschrocken fuhr der Eindringling herum. Mit angstgeweiteten Augen taumelte er zurück, stieß gegen das Terrassengeländer, verlor das Gleichgewicht und stürzte in die gähnende Leere.

Sie lag nackt auf dem Bett und wartete. Das Leben war schön. Unten in der Straße heulte ein Krankenwagen herbei. Sie hörte ihn nicht. Sie träumte von zärtlichen Liebkosungen, von zuckenden Zungenspielen und Vögeln. Sie wartete unschuldig wie ein Kind und schön wie die paradiesische Versuchung vom Baum der verbotenen Früchte. Der Vergleich hinkte nicht einmal, denn sie war eine Schlange, eine zahme Boa Constrictor. Carlos würde ihr heute wie jeden Freitag ein paar lebende Küken mitbringen, denn Vögel waren ihr Leibgericht. Danach würden sie miteinander spielen.

Das Wunder von Wattenscheid

Eine Fischbratküche unterscheidet sich von einem Fischspezialitäten-Restaurant wie ein Gaul von einem Rennpferd.

›Der Goldene Fisch‹ in Wattenscheid war ein Rennpferd. Daß das so war, lag einzig und allein an seinem Inhaber, Koch und Kellner Abdullah Akalin. Eigentlich war ›Der Goldene Fisch‹ nur eine Sprotte. Das Restaurant war nicht größer als ein gemütliches Wohnzimmer. An den Wänden lehnten ein paar durchgesessene Plüschsofas mit gedrechselten Beinen und verstaubten Fransen. Tische und Stühle waren wackelig und wurmstichig wie ungespritztes Fallobst. Die samtenen Sitzflächen neigten wie der Hausherr zur Glatzenbildung. In den Teppichen nagten die Motten mit dem Zahn der Zeit um die Wette. Nichts in diesem Sperrmülllager war typisch türkisch, nichts bis auf das lebensgroße Abbild Atatürks, ohne das eine Osmanenbehausung so unfertig ist wie ein Kebab ohne Knoblauch.

Jeder Genießer weiß, daß man bei Frauen und Restaurants nicht unbedingt von der Verpackung auf den Inhalt schließen kann. Eine nordamerikanische Snackbar ist besser ausgestattet als ein südfranzösisches Bistro, aber bestellen Sie mal nur hier wie da ein Brötchen oder eine Tasse Brühe, und Sie werden Mohammed zustimmen, daß alles äußerliche Gepränge dieser Welt ohne Wert ist. Wichtig sind die Inhalte, und die stimmten im ›Goldenen Fisch‹. Was hier in die Schüsseln kam, war anbetungswürdig. Die Frische der Speisen stand in umgekehrt proportionalem Verhältnis zur Inneneinrichtung des Etablissements. Salate und Gemüse kamen täglich frisch vom Großmarkt. Gewürzt wurde nur mit gehackten grünen Kräutern. Joghurt, Quark und Käse reiften in eigenen Kulturen heran. Absoluter Höhepunkt war jedoch der lebendfrische Fisch, der hier in unnachahmlich schmackhafter Weise vom Hausherrn persönlich zubereitet wurde.

Obwohl das Haus in einer unauffälligen Nebenstraße gelegen war, sprach sich die Qualität der Speisen sehr schnell herum. Die wenigen Stühle waren ständig besetzt. Wer speisen wollte, mußte frühzeitig vorbestellen. Die Telefonnummer war ein Geheimtip unter Eingeweihten. Ich bekam sie von einem Geschäftsfreund, einem Gourmet und Gourmand von zwei Zentnern erschlemmertem Leibesgewicht.

Abdullah Akalin empfing mich wie einen Freund. Er war kein schöner Mann. Seine Beine waren zu kurz und seine Nase zu lang. Wie alle Türken trug er einen schwarzen Schnurrbart, den er ständig um seinen beringten Zeigefinger zwirbelte. Nachdem er seine Gäste wie ein Platzanweiser in dem ausverkauften Haus verteilt hatte, ging er von Tisch zu Tisch – es waren acht – und nannte die Gerichte bei Namen, die er heute auf seinem Herd kreiert hatte. Es gab grundsätzlich keine Speisekarte im ›Goldenen Fisch‹. Alle kulinarischen Genüsse waren täglich wechselnde Neuschöpfungen, aromatische Entwürfe und verführerische Meisterwerke, die sich nur dem Marktangebot unterwarfen, denn bei einem Kunstwerk ist die Materie so wichtig wie die schöpferische Tat.

Der Meister kredenzte als Ouvertüre Djödjuk, eine kalte Joghurtsuppe mit rohen Gurken, Kresse, Knoblauch und wildem Majoran. Er verwöhnte uns mit heißer, scharfer Kurufasulje. Die Auberginen-Creme schmeckte wie Straßburger Gänseleberpastete. Seine in Weinblätter eingehüllten Dolmas waren kleine Wundertüten. Höhepunkt dieser Zungensymphonie aber war sein frischer Fisch.

Welch ein Gaumenorgasmus!

Gegenüber der Tür leuchtete wie ein lebendiger Bildschirm ein enormes Aquarium, lockend wie die blaue Grotte von Capri. In den perlenden Fluten schwamm wie eine Rheintochter Richard Wagners ein dicker Karpfen. Mit bedächtigen Basedow-Augen glotzte er kurzsichtig durch das Glas. Seine Schwanz- und Flossenschläge waren von majestätischer Melancholie. Nur Burgschauspieler und Richter vom Old Baily bewegen sich so. Er war von fischigem Adel. Vor allem aber war er lecker. In jeder Zirkusnummer ist die vom Direktor persönlich vorgestellte Pferdedressur der Höhepunkt des Abends. Und so war es auch hier. Der Fisch wurde vorgeführt wie ein Vollblutpferd.

»Meine Herrschaften, schauen Sie ihn sich an«, sagte Abdullah Akalin. »Haben Sie jemals ein vollendeteres Geschöpf gesehen? Sein Fleisch ist so weiß und so fest wie die Brüste einer jungfräulichen Haremstänzerin. Seine Gräten sind so zart wie die Wimpern eines weinenden Mädchens. Nur Kamele haben sanftere Augen und zartere Lenden. Es gelingt mir nicht oft, solch eine Perle für meine Gäste zu erwerben.«

Wir umstanden das Aquarium, als der Meister mit weißer Kochmütze auf dem Kopf den Karpfen fing. Er wehrte sich mit wilden Flossenschlägen. Wasser spritzte. Die Damen lachten, und die Männer fachsimpelten wie bei einer Angeltour. Abdullah Akalin zeigte der zahlenden Runde das zappelnde Opfer und verschwand mit dem Todeskandidaten in der Küche. Ein paar Herzschläge später verkündete das Hackgeräusch des Messers auf dem Hauklotz den Vollzug der Hinrichtung. Meine nicht mehr ganz junge Tischnachbarin genoß diesen Nervenkitzel mit hektisch geröteten Wangen. Auf unseren Telemattscheiben werden täglich Menschen gefoltert, erschossen und ermordet. Es geht uns nicht unter die Haut. Aber wehe dem Produzenten, der es wagen würde, die Schlachtung eines Schweins zu verfilmen. Er wäre erledigt, denn der Tod eines Tieres berührt uns mehr als der Tod eines fremden Menschen. Seltsam sadistische Wolfsgelüste erwachen, wenn man, anstatt in die Speisekarte zu schauen, seine Nahrung lebendig betrachtet. Sieht er nicht süß aus! Schau nur, wie der Bursche sich wehrt! In wenigen Minuten wird er sterben, für mich. Sein Schicksal liegt in meiner Hand. Noch japst er nach Luft und zappelt und hofft, aber gleich wird man ihn erschlagen, aufschlitzen und ihm die Eingeweide herausreißen, weil ich es so wünsche.

Nur eine Viertelstunde später erschien der Meister mit einer kupfernen Kasserole. Er öffnete den Deckel und wedelte uns mit einer weißen Serviette den Duft in die Nasen. Der Karpfen war in hühnereidicke Scheiben zerlegt worden. Das feste weiße

Fleisch lag in einem leichten Dillsud und wurde mit Zitronensaft beträufelt. Es schmeckte hervorragend. Ich trank einen trocknen Busba dazu, der am vollkommensten an den steinigen Hängen von Izmir gedeiht und den schon Homer besungen hat.

Abdullah Akalin setzte sich an unseren Tisch. Wir lobten sein Essen und tranken auf sein Wohl. Alle waren guter Dinge. Jemand erzählte einen Witz. Und Abdullah Akalin erzählte von Nasredin Hodja, dem türkischen Till Eulenspiegel:

Jeden Mittwoch ging Nasredin Hodja ins Kaplica, ins türkische Dampfbad, und jedesmal machte er ein Gezeter und Geschrei. Man hat mich bestohlen! Einmal war es das Mundstück seiner Wasserpfeife, ein anderes Mal war es sein Brillenetui. Der Besitzer des Kaplica hörte sich das eine ganze Weile mit an. Dann sagte er: »Ich bin dein ewiges Gemecker leid. Geh und such dir ein anderes Bad.« Es gab aber kein anderes in dem Dorf. Nach zwei Monaten ging Nasredin Hodja zum Besitzer des Dampfbades und sagte: »Ich muß baden. Alle meiden mich, sogar mein Weib. Ich schwöre beim Barte des Propheten, ich werde nie wieder behaupten, daß mir in deinem Bad etwas gestohlen wurde.« Das hörte ein Dieb. Als Nasredin nackt aus dem Bad kam, fand er nur noch seinen Turban und seine Pantoffeln. Er zog sie an, ging zum Bademeister und sagte: »Ich will mich nicht beschweren, ich will auch nichts behaupten, aber schau mich mal an. Bin ich so hergekommen?«

Auf der Heimfahrt erging es mir wie Nasredin Hodja. Ich vermißte mein Feuerzeug, und dann fiel mir ein, daß ich meinen Mantel im ›Goldenen Fisch‹ vergessen hatte. So kehrte ich um.

Es war bereits kurz vor zwölf. Im Restaurant brannte kein Licht mehr, aber die Tür war noch offen. Ich tastete mich zum Kleiderständer und fand meinen Mantel. In der Küche war es noch hell. Ich kam mir wie ein Dieb vor. Wenn man mich hier überraschte, um Mitternacht in einem dunklen Restaurant. Ich ging zur Küchentür und klopfte. Abdullah Akalin saß neben dem Herd und weinte. Die Tränen rollten die faltigen Wangen hinab und verschwanden im Schnurrbart.

»Verzeihen Sie«, sagte ich. »Ich hatte meinen Mantel vergessen, und die Tür war offen.«

»Schon gut«, sagte er und putzte sich die Nase.

Ich fragte: »Kann ich Ihnen helfen?« Er tat mir leid.

Und der Alte muß wohl meine ehrlich gemeinte Anteilnahme gespürt haben. Ein tiefer Seufzer entstieg seiner Brust: »Er ist tot.«

»Wer ist tot?« fragte ich.

»Mein Balik.« Er zeigte auf ein kleines Aquarium. Dort schwamm mit dem Bauch nach oben ein Karpfen. Der Türke holte den toten Fisch aus dem Wasser und streichelte ihn. »Ist er nicht ein prächtiger Bursche?«

Er blickte in mein fragendes Gesicht und erkundigte sich: »Sind Sie von hier?«

»Nein, ich bin auf der Durchreise.«

»Ich werde Ihnen mein Geschäftsgeheimnis verraten. Behalten Sie es für sich.«

Er blickte auf den Karpfen und sagte: »Er war mein Partner. Ich habe ihn jeden Abend mehrmals verkauft. Ich habe ihn mit dem Köcher aus dem Aquarium gefischt und ihn dann vorsichtig in die Küche getragen. Er kam dann immer in dieses kleine Bassin hier. Wenn die Gäste gegangen waren, trug ich ihn zurück in sein großes Aquarium. Das viele Umhertragen ist ihm nicht bekommen. Zwei Jahre haben wir zusammengearbeitet, mein Balik und ich. Abends habe ich ihn gefüttert. Er verstand jedes Wort.«

»Aber warum haben Sie das gemacht?« fragte ich.

»Die Menschen in Deutschland kaufen ihr Fleisch abgepackt in Klarsichtfolie und in Büchsen. Sie kaufen Fleisch wie Bohnerwachs und Bonbons. Für sie ist das Schlachten eines Tieres ein großes Erlebnis.«

»Dann kam mein Fisch heute abend aus der Tiefkühltruhe«, sagte ich.

Der Alte sah mich traurig an, so als hätte ich ihn beleidigt: »Hat mein Essen geschmeckt wie aufgetauter Fisch? Aufgetauter Fisch schmeckt wie Tapetenkleister. Selbst ungefrorener Fisch schmeckt in Deutschland abscheulich, denn das Meer ist weit und die Fische liegen zu lange auf Eis. So etwas würde ich niemals servieren. Nur frische Speisen schmecken.«

»Aber was habe ich dann heute abend bei Ihnen gegessen?«

»Kotsch Jumurta.«

»Kotsch Jumurta? Was ist das?«

»Hammelhoden«, sagte Abdullah Akalin, und er sagte es mit so schwärmerischer Mimik, als spräche er von russischem Kaviar. »Ich hole sie täglich frisch vom Schlachthof. Kotsch Jumurta schmekken mehr nach Fisch als Fisch.«

»Aber Sie können doch nicht Hammelhoden als Karpfen verkaufen.«

»Was wollen Sie machen. Deutscher Fisch taugt nichts. Nur die Qualität zählt, und meine Gäste wollen frische Ware, lebendfrisch wie mein Balik. Wer kann sich einen Hammel ins Restaurant stellen und dann sagen: Bitteschön, suchen Sie sich einen Hoden aus! Niemand kann das.«

Wer hat nicht schon von der wunderbaren biblischen Speisung gehört, bei der fünftausend Gläubige mit nur einem Korb Fische gesättigt wurden. Jeder kennt sie, aber sie ist nichts gegen das Wunder von Wattenscheid, wo ein Ungläubiger zwei Jahre lang Tausende von Menschen mit nur einem Karpfen beköstigte.

Säure

Es gibt kein Leben ohne Krankheit. Der lebende Organismus braucht Krankheiten wie Essen und Trinken. Jede Nahrungsaufnahme ist eine Art Infektion. Wenn es den Nieren oder der Bauchspeicheldrüse nicht gelingt, die Stoffwechselprodukte der Nahrung abzubauen, so stirbt das Lebewesen an Vergiftung. Das gleiche geschieht, wenn die Abwehrstoffe eines Organismus mit einem Krankheitserreger nicht fertigwerden. Trotzdem halten wir Essen und Trinken für etwas Gutes und Krankheiten für etwas Böses. Dabei sterben heute mehr Menschen in unserem Kulturkreis an gutem Essen als an bösen Krankheitserregern.

Jede menschliche Lebensform ist krankhaft degeneriert. Nur ein abartiger Uraffe konnte die Eigenart entwickeln, aufrecht auf den Hinterbeinen durch die Gegend zu balancieren, anstatt wie alle gesunden Säugetiere bequem und natürlich auf allen vieren umherzulaufen. Nur pathologische Affenmenschen mit chronischen Behaarungsstörungen waren gezwungen, im Schutz der Höhle das Feuer zu erhalten. Alle menschliche Zivilisation ist von Anfang an, von der Keule bis zur Wasserstoffbombe, widernatürliche Dekadenzschöpfung von neurotischen Affen mit krankhaft hypertrophierten Gehirnen. Es ist typisch für uns, daß wir in Krankenhäusern geboren werden. Für einen Erdenbürger, der jetzt in diesem Augenblick das Licht der Welt erblickt, ist die Wahrscheinlichkeit, in einer Nervenheilanstalt zu landen, fast dreimal so groß wie die Chance auf einen Studienplatz. So sagt die Statistik, und die ist auch eine Krankheit.

Krankenhaus und Irrenanstalt sind Urmodelle des menschlichen Normalzustandes. Wer nicht krank wird, ist nicht gesund. Hier an dem schmalen Grat zwischen Tod und Leben, zwischen Genie und Wahnsinn ereignen sich Dramen, die nicht einmal Dantes Hirn zu denken vermochte.

Ich liebe diese Welt, denn sie beflügelt meine schreibende Phantasie wie Tollkirschensaft.

Als mich ein Studienfreund meines Vaters einlud, im Anschluß an eine Türkeireise seine Klinik in Istanbul zu besuchen, nahm ich diese Einladung nur allzu gern an. Professor Kütschük war ein blasser, gescheit ausschauender Mann. Er begrüßte mich wie einen Freund. Nach einem langen Gespräch und vielen Tassen Tee machte er mich mit seiner Oberschwester bekannt. Schwester Lena sprach wie der Professor akzentfreies Deutsch. Er

bat Schwester Lena, mich durch die Klinik zu führen, da er zu einer dringenden Operation in die Universität müsse. Er würde erst am Abend zurück sein. Wir sollten nicht auf ihn warten.

Die Anstalt lag im europäischen Teil der Stadt. Eingebettet in einen alten Park sah sie eher wie eine Botschaftsvilla aus.

Die meisten Patienten waren Dauergäste, die aufgrund eines schweren Geburtsfehlers oder eines unheilbaren Siechtums der ständigen ärztlichen Pflege bedurften. Ich kannte solch hoffnungslose Fälle aus den Heilanstalten in Bethel bei Bielefeld.

Schwester Lena hatte mich schon durch einige Säle geführt, als wir an eine Tür kamen, an der sie vorübergehen wollte. Laut und deutlich vernahm ich die Stimme eines Mannes. Ich blieb stehen und horchte. Die Stimme klang zärtlich und eindringlich, so als spräche sie zu einem Kind.

»Kann ich ihn sehen?« fragte ich. Mit Verwunderung bemerkte ich, daß sie in ihrer Schürze nach einem Schlüssel suchte. Die anderen Räume waren alle unverschlossen gewesen.

Das Bild, das sich mir bei meinem Eintritt bot, war so erschreckend, daß es sich nur schlecht in Worte fassen läßt. Auf einem Bett hockte ein Monster, wie es Hieronymus Bosch in seinen Höllenvisionen nicht grauenhafter hätte malen können. Das unglückliche Geschöpf hatte kein Gesicht. Eine dünne pergamentartige Pelle umspannte seinen Knochenschädel. Nase und Lippen fehlten, so daß die Schneidezähne wie bei einer wütenden Ratte hervorbleckten. Nur die Augen waren normal, und das machte das Ganze noch gespenstischer.

Was aber diese Höllenvision völlig zur Gruselfilm-Szene werden ließ, war das menschliche Skelett neben seinem Bett. Es stand da wie der leibhaftige Tod auf einem Holzschnitt Albrecht Dürers. Bei unserem Eintritt griff der Mann hastig und voller Angst danach, als fürchte er, daß wir ihm den Sensenmann wegnähmen. Ich sah, daß ihm beide Hände fehlten. Die Hilflosigkeit, wie der Mann mit seinen Armstummeln versuchte, sein Skelett vor unserem Zugriff zu bewahren, war erschütternd.

Ich fragte: »Schwester, was ist mit dem Mann geschehen?«

»Säure«, sagte sie. »Rauchende Schwefelsäure. Ich wollte Ihnen diese scheußliche Geschichte ersparen.«

Der Mann sah uns mit weit aufgerissenen Augen an.

»Wir können ruhig sprechen. Er hat den Verstand verloren. Er versteht nichts von dem, was wir sprechen, obwohl er einmal in unserer Sprache redete. Er ist Deutscher. Seit acht Jahren ist er hier, und abgesehen von seinen schweren Säureverätzungen ist seine gesundheitliche Verfassung so, daß er noch jahrelang damit leben kann. Wenn ihm die Gnade des Schwachsinns nicht zuteil geworden wäre, so hätte ihn sein Aussehen längst getötet.«

»Wie ist das passiert?«

»Das ist eine lange, traurige Geschichte. Der Professor wird Sie Ihnen erzählen.«

»Nein, es ist besser, ich erfahre sie jetzt.« Ich wußte, ich würde an nichts anderes mehr denken können.

Schwester Lena stand am geöffneten Fenster und schaute hinaus in den Park. »Er ist Maler. Ich glaube, es ist richtiger, wenn ich sage, er war Maler. Er war ein sehr begabter junger Mann, als er in dieses Land kam. Er hatte seine Frau bei sich. Es war ihre erste gemeinsame Reise. Sie fuhren nicht im eignen Wagen, dazu fehlte ihnen das Geld. Sie benutzten die klapprigen türkischen Überlandbusse und zogen von Dorf zu Dorf, quer durch Anatolien. Sie blieben, wo es ihnen gefiel. Er malte alles, was ihnen über den Weg lief, sie sah ihm dabei zu und half ihm mit ihrer Verliebtheit, alles in noch leuchtenderen Farben zu sehen, als es der türkische Spätsommer schon bot.

Auf einer Landstraße, nicht weit von Ankara, wurde der Bus, mit dem sie fuhren, von einem Tankwagen gerammt oder eigentlich nur gestreift.

Sie kennen diese Art Autos, die Benzin oder Wasser in großen Stahltrommeln transportieren. Der Tankwagen hatte versucht, einem auf der Straße liegenden Esel auszuweichen. Er geriet aus der Bahn und schlitzte die linke Seite des Omnibusses auf. Auch der Tankwagen wurde aufgerissen und sprühte seine flüssige Ladung über die Menschen. Der Tanker hatte Schwefelsäure geladen. Das Unglück passierte kurz nach Sonnenuntergang. Der Übergang zwischen Tag und Nacht ist hier nur sehr kurz. Es war also schon recht dunkel. Nur so läßt sich das Folgende begreifen. Vielleicht wissen Sie aus eigner Erfahrung, daß es einige Sekunden dauert, bis man einen Tropfen Säure auf der Haut spürt. Die Säure braucht einige Zeit, um sich durchzufressen.

Als nach dem ersten Schock des Zusammenstoßes, bei dem niemand ernstlich zu Schaden gekommen war, die Insassen des Busses ihre ätzenden Verbrennungen spürten, drängten sie in wilder Panik zu den Wagentüren. Und als sie im Straßengraben Wasser sahen, stürzten sie sich wie besessen hinein, um die schmerzenden Wunden zu kühlen. Der Tankwagenfahrer hatte beim Streifen des Busses die Gewalt über sein Fahrzeug verloren. Sein Wagen war umgekippt und ausgelaufen. Das, was die bedauernswerten Menschen aus dem Omnibus für Wasser hielten, war Schwefelsäure. Sie schöpften sich die Säure mit vollen Händen in die Gesichter, stürzten sich in das vermeintliche Wasser oder tauchten Arme und Beine hinein. Wenn sie spürten, welch teuflischer Täuschung sie zum Opfer gefallen waren, so war es in allen Fällen zu spät. Die Säure fraß ihnen das Fleisch von den Gliedern bis auf die Knochen. Die meisten Unglücklichen waren mehr Skelett als Mensch, als man sie fand.«

Der Mann im Bett lallte unverständliche, zusammenhanglose Worte. Seine Armstummel glitten liebkosend über das Skelett.

Schwester Lena sagte: »Als sie ihn fanden, lag er über einer bis auf die blanken Knochen verätzten Leiche. Er hat sie mit seinen eigenen Händen aus der Säure geholt. Er hat seine Frau sehr geliebt. Trotz seiner Schmerzen ließ er sich den knochigen Leichnam nicht entreißen. Er tobte so entsetzlich in seinem Wahnsinn, daß man ihm zur Beruhigung dieses Skelett an sein Bett stellte. Es ist ein Lehrmodell aus der Anatomie.«

Der Verstümmelte sprach jetzt mit dem Skelett wie mit einem Kind oder einer großen Puppe.

»Und seine Frau?« fragte ich. »Ist sie tot?«

»Nein«, sagte Schwester Lena. »Sie hat das Unglück überlebt. Man fand sie bewußtlos im Omnibus.«

Sie beugte sich über den Kranken, um ihn zuzudecken. Dabei verschoben sich ihre sorgfältig zur linken Seite gescheitelten Haare, und ich sah die feuerrote Narbe, die sich von ihrer Schläfe bis tief hinunter zur Schulter erstreckte. Es waren die gleichen Verätzungen wie bei dem Mann. Sie lächelte ihm liebevoll zu, als sie das Skelett dichter an sein Bett schob.

»Niemand nimmt mich dir weg«, sagte sie.

Rumtopf-Geschichte

Seit Sonnenaufgang hatten die Kanonen gebrüllt. Sie hatten Feuer und Tod gespien. Wie ein Gewitter hing die Schlacht über dem Meer. Dann endlich kam die Nacht. Die Gegner, die sich wie zwei tollwütige Hunde ineinander verbissen hatten, erwachten aus ihrem Kampfrausch, tödlich verwundet und am Ende ihrer Kraft. Die Franzosen hatten vierzehn Fregatten verloren. Die Übriggebliebenen waren schwimmende Wracks. Mit verhedderten Wanten, gebrochenen Spieren und zerfetzten Segeln trieben sie wie harpunierte Wale auf dem Atlantik. Die Toten bedeckten die Planken der Decks, zerrissen vom Blei der Kartätschen, erschlagen von stürzenden Masten, verbrannt vom Feuer. Das Stöhnen der Sterbenden vermischte sich mit dem Wehklagen der Lebenden. Die Schreie der Verwundeten wurden vom Wind davongetragen.

Die Engländer hatten alle Linienschiffe verloren. Ihr junger Admiral, ein Großneffe des Herzogs von Edinburgh, lag schwer verwundet in der Messe des Flaggschiffes und rang mit dem Tod. Sein

Adjutant und vier von fünf Stabsoffizieren lagen auf dem Grund des Meeres. Die Lage war katastrophal.

Als der Morgen grau und trostlos heraufdämmerte, trauten die Engländer ihren Augen nicht. Die französische Flotte hatte im Schutz der Nacht die Anker gelichtet und war davongesegelt.

Acht englische Schiffe hatten die Schlacht überlebt. Der erst zweiunddreißigjährige Kapitän Weatherwise wurde zum Flottenchef gewählt. Er verteilte die Überlebenden der versenkten Boote auf die noch manövrierfähigen Schiffe, wobei er die ›Maryland‹ zum Hospital-Schiff ernannte. Er verfügte, daß alle Schwerverwundeten dorthin gebracht würden, damit sie die Fürsorge erhielten, die sie auf Grund ihres heldenhaften Einsatzes verdient hätten. In Wahrheit jedoch wußte er, daß die Verstümmelten und Sterbenden die Kampfmoral der Mannschaft untergraben würden, wenn es zu weiteren kriegerischen Auseinandersetzungen mit den Franzosen kommen sollte. Die ›Maryland‹ segelte eine halbe Seemeile hinter dem Flottenverband, so als hätte sie die Pest an Bord.

»Der Sarg« – wie man das Hospitalschiff nannte – war eine schwimmende Hölle. Die Schwerverwundeten lagen unter Deck, dicht nebeneinander auf dem Holzboden. Die meisten von ihnen hatten

Hände, Füße, Arme oder Beine verloren. Es gab Einäugige, Blinde und Skalpierte. Die mit Granatsplittern in den Därmen starben als erste. Einige schrien und rasten so, daß man sie knebeln und fesseln mußte. Andere weinten und winselten wie kleine Kinder. Es gab keinen Arzt. Die Hilfe, die man den Verstümmelten zukommen ließ, bestand darin, daß man ihnen feuchte Kompressen auflegte, um das Fieber zu stillen. Man las ihnen aus der Bibel vor und fütterte sie mit Zwieback und Fleischbrühe. Diejenigen, die sich nicht zu bewegen vermochten, wurden wie Säuglinge trockengelegt. Der Gestank unter Deck war mörderisch. Kot, Urin, Schweiß, geronnenes Blut und Eiter mischten sich mit dem süßlichen Geruch des Todes. Es wimmelte von Fliegen und Flöhen. Steriles Verbandszeug fehlte. Man verwendete alte Mehlsäcke und zerrissene Wäschestücke. Die Wunden wurden brandig. Blutvergiftung und Wundfieber rafften die Männer dahin. Einige erhängten sich. Andere sprangen im Fieberdelirium über Bord.

Murphy Osborn war vom Luftdruck eines Geschosses gegen den Großmast geschleudert worden. Als man ihn zur ›Maryland‹ brachte war er ohne Bewußtsein. Sein Gesicht war verschwollen und blutverkrustet. Eine Platzwunde zog sich quer über die Stirn. Die Schneidezähne fehlten. Er erholte sich wider Erwarten schnell. Als Leichtverwundeter war er dazu verurteilt, die Todeskandidaten zu pflegen. Er teilte sich seine Arbeit mit William Kibben, dem eine Mörserladung beide Ohren und die Nasenspitze abgerissen hatte. Nach kurzer Zeit waren sie aufeinander eingespielt wie ein altes Ehepaar. Murphy, der kleinere, faßte die Verstorbenen bei den Füßen, und William umarmte sie von hinten. Sie trugen ihre noch warmen Patienten an Deck auf die Leeseite und schwenkten sie einige Male nach rechts und nach links, bevor sie sie losließen. Danach schlugen sie ein Kreuz. Das alles geschah ohne Worte, so wie man Dinge tut, die halt getan werden müssen.

Die Männer redeten nur selten miteinander. Wenn der Gestank und das Stöhnen unerträglich wurden, sagte Murphy zu William: »Du hast es gut, Bruder. Du hast keine Nase und keine Ohren.« Und William, der ihn nicht verstand, nickte mit dem Kopf.

In der zweiten Woche nach der Seeschlacht lag Murphy zwischen dem Tauwerk auf dem erhöhten Achterdeck der ›Maryland‹ und träumte. Trotz der Kälte schlief er lieber unter freiem Sternenhimmel als im verpesteten Bauch des schwimmenden Sarges. Und wie er da so lag, hörte er das gleichmäßige Planschen von Ruderblättern. Eine kleine Barkasse näherte sich und legte sich längsseits. Murphy sah, wie ein paar Männer ein großes Faß an Bord zogen. Sie rollten es über Deck, öffneten eine Luke in der Bugspitze und ließen das Faß vorsichtig hinab. Dann verschwanden sie so lautlos, wie sie aufgetaucht waren. Am anderen Tag wußte Murphy nicht, ob der nächtliche Spuk Wirklichkeit gewesen war oder ob er ihn nur geträumt hatte. »Scheiße«, sagte er zu sich selbst. »Wer auf diesem Schiff ist, wird verrückt.«

Er suchte nach der Luke und fand sie. Als er sie anhob, sah er das Faß.

In der Nacht, als alle schliefen, stieg er hinab zu seinem seltsamen Fund. Es war ein Rumfaß, verspundet und versiegelt. Er beklopfte es. Es war voll. Er holte sich einen Bohrer und schraubte von oben ein nageldickes Loch in den Deckel der Tonne. Als er den Bohrer wieder herauszog und daran roch, setzte für ein paar Pulsschläge sein Seemannsherz aus. Es war Rum! Feinster, hochprozentiger Jamaica-Rum. Donnerwetter! Er beschnupperte und beleckte den Bohrer wie ein junger Hund. Dann holte er sich aus seiner Matratze einen Strohhalm, steckte ihn in das Loch und saugte sich voll wie eine Stechmücke, wie ein trockner Schwamm, wie ein Verdurstender. Zwischendurch lachte er wie irr, sprach mit sich selbst und saugte, saugte, saugte, bis sich alles um ihn drehte.

Als er erwachte, hielt er das Rumfaß in seinen Armen wie eine dicke Geliebte. Trotz des Katers war er den ganzen Tag guter Laune. Jetzt war ihm um den Rest der Reise nicht mehr bange. Mit zweihundert Liter Jamaica-Rum würde er sogar durch die Hölle segeln. Und alle, alle, alle könnten ihn am Arsch lecken, selbst der Teufel und der Tod und die Franzosen.

Murphy kam jetzt jede Nacht und schlief bei seinem Faß im Ankerkettenkasten in der Back. Es waren schöne Nächte. Nur eines fehlte. Denn mit dem Trinken ist es wie mit dem Sex und dem Kartenspiel: Es gehören mindestens zwei dazu, sonst macht es keinen Spaß. Und so erzählte er William Kibben von seiner wunderbaren Entdeckung, das heißt, er zapfte ein Glas Rum ab und gab es dem anderen. William schluckte das Zeug wie Wasser, stutzte und glotzte mit so inbrünstigen Augen, als hätte er eine Marienerscheinung. Die Tränen liefen ihm über das faltige Gesicht. Dann fiel er seinem Gönner um den Hals.

In dieser Nacht lagen sie zu zweit bei dem Faß in dem engen Ankerkettenraum, tranken und sangen, lachten und schwatzten. Murphy verstand nichts von dem, was William erzählte, weil der Freund durch den Verlust der Nasenspitze entsetzlich nuschelte. Und William verstand nichts von dem, was

Murphy erzählte, weil seine Ohrlöcher so wund und verschwollen waren, daß sie nichts wahrnahmen. Trotzdem war es schön! Eigentlich gab es nur einen Umstand, der das Glück der Männer trübte: Was würde geschehen, wenn die, die das Faß hier versteckt hatten, zurückkämen, um ihren Schatz zu bergen! Dann würde es Tote geben. Murphy und William würden um ihren Rum kämpfen. Wer waren diese Schurken überhaupt? Wahrscheinlich hatten sie das Faß von den Franzosen erbeutet. Die ›Maryland‹ war ein guter Platz, um Beute zu verstecken, denn freiwillig würde kein Gesunder von den anderen Schiffen dem Sarg einen Besuch abstatten. Und die Halbtoten hier hatten andere Sorgen als umherzuschnüffeln. Der Flüssigkeitspegel in dem Faß fiel mit jeder Nacht, so daß sie ihn schon bald nicht mehr mit ihren Strohhalmen erreichten. Sie setzten tiefere Bohrungen an und verklebten die alten Schürflöcher mit Schiffspech. Der Rum schmolz dahin wie Schnee in der Sonne, denn Murphy und William waren gestandene Zecher. Der Ältere träumte von heißem Schweinefleisch und der Jüngere von noch heißerem Frauenfleisch. Sie verließen den Ankerkettenkasten nur, um zu pinkeln und um zu kotzen.

Die ›Maryland‹ und die Tage segelten dahin. Das Sterben nahm kein Ende. Täglich ging ein Toter über Bord. Die meisten der Verwundeten waren bereits von ihren Qualen erlöst. Auf den Rest warteten die Fische. Ihre Wunden eiterten und faulten. Das Fieber verbrannte ihre ausgemergelten Leiber. Obwohl sie täglich weniger wurden, nahm der Gestank nicht ab, sondern zu. Es war so, als hätten sich die Planken des Schiffes mit Fäulnis und Verwesung vollgesogen. Die Pestilenz hing in allem – übelriechend und ekelhaft – im Haar und in den Kleidern, sogar im Rum. Er schmeckte nicht mehr. Auch in ihm war der Tod. Der widerliche Geschmack verschwand erst, wenn man einen Viertelliter Alkohol in den Gedärmen hatte. Dann läuteten alle Glocken von Wales, und die Luft war erfüllt vom Duft blühender Wiesen. Dann siegte das Leben über alle Gräber und Grüfte.

Als die kleine Armada am Mittwoch vor Karfreitag die Themsemündung erreichte, lebten im Sarg noch sieben Seelen. Murphy Osborn war vom Fieber und vom Durchfall so geschwächt, daß er den Tod seines Trinkkumpanen nicht mehr bei Bewußtsein erlebt hatte. William Kibben war vor Dover zu den Fischen gegangen. Die Nacht zuvor hatten sie noch bei ihrem Faß gelegen. William hatte gelallt: Juppheidi, juppheida, Rum ist gut für die Cholera! Am Abend war er hin.

Am Tag der Landung – die Kranken hatte man

ins Heilig-Geist-Hospital gebracht – wurde ein Ruderboot an der ›Maryland‹ festgemacht. Sechs Männer kamen an Bord und holten das Faß. Sie verluden es auf einem Pferdefuhrwerk mit dem Wappen des Herzogs von Edinburgh.

Noch in derselben Nacht wurde bei Fackelschein das Faß geöffnet. Man stellte mit Entsetzen fest, daß es nur noch zur Hälfte mit Rum gefüllt war. Der junge Admiral, den man auf diese ungewöhnliche Weise zu konservieren gehofft hatte, um ihn in der väterlichen Familiengruft mit allen Ehren zu bestatten, war in völlige Verwesung übergegangen.

Murphy Osborn aber starb am anderen Tag. Es wurde nie geklärt, ob an einer Alkoholvergiftung oder an der Fleischvergiftung. Gott sei seiner Seele gnädig.

Tante Greta

Reden ist Silber, Schweigen ist Gold. Wenn dieser Satz stimmt, so gibt es in Schweden kein Silber, aber Gold in Massen. Hier sind die Menschen so gesprächig wie bei uns die Fische.

In einem Dorf im Süden, zwei Autostunden von Malmö und einen Steinwurf vom Meer entfernt, stand die weißgekalkte Kate, die Arne und Ulla Jacobsen bewohnten.

Ein Rieddach mit bemoostem Giebel saß wie eine Schlafmütze auf dem windschiefen Gemäuer, an dem sich Efeu und Heckenrosen emporrankten und miteinander wetteiferten. Im Winter, wenn der Rosenstrauch sein Laub verloren hatte, dann triumphierte der immergrüne Efeu über das dornige Gestrüpp. Im Sommer aber siegte die leuchtende Pracht der wilden Rosen über den unbedarften Klettergefährten, der zwischen all dem satten Grün des Sommers nur grün war und nichts weiter.

Es war wieder einmal die Zeit, in der der Efeu triumphierte. Die Nächte waren lang und die Tage kurz. Der Friede der langen Abende war überall eingekehrt, nicht so in dem Haus am Meer. Der

Ehekrieg begann, wenn Arne von der Arbeit nach Hause kam, und endete, wenn er morgens ging. Kein Wunder, daß er immer seltener nach Hause kam. So wie die Dinge lagen, hätte Ulla sich eigentlich darüber freuen sollen, statt dessen wurde sie immer zorniger und böser.

Sie waren kein ehemüdes altes Ehepaar, sondern zwei junge Menschen, deren Ehe erst drei Efeu-Heckenrosen-Wechsel alt war. Sie hatten nicht aus blinder Verliebtheit geheiratet, sondern aus Zuneigung und Freundschaft. Sie waren nicht arm und nicht frigide. Arne trank nicht, und Ulla war treu und sauber.

Die Ursache ihres totalen Krieges, der, wie es schien, nur noch vor dem Scheidungsrichter oder einer Mordkommission beigelegt werden konnte, saß in einem ledernen Lehnstuhl ihres Wohnzimmers und hieß Tante Greta. Tante Greta war so alt wie eine Eiche und so zahnlos wie ein Wurm. Sie war nicht boshaft und nicht gütig, nicht laut und nicht leise, sie war nur anwesend. Das aber war sie seit ihrer Vermählung ständig und ununterbrochen.

Ulla und Arne hatten keine Hochzeitsreise gemacht, weil man die Tante weder allein lassen noch mitnehmen konnte. Wenn sie am Sonntagmorgen zum Segeln gingen, hatten sie ein schlechtes Gewissen. Nicht daß die Tante sich jemals beklagt hätte.

Aber wenn Arne und Ulla ihre Anoraks anzogen, so bekamen ihre alten Augen den wehmütigen Glanz eines zu Unrecht verprügelten Dackels. Diese Augen verfolgten sie bei Tag und bei Nacht. Tante Greta war immer anwesend, selbst wenn sie nicht da war. Die alte Dame saß in ihrem Lehnstuhl wie eine lebensgroße ausgestopfte Puppe, eine Mumie oder ein Fetisch von den Fidschiinseln mit Muschelaugen und Kokosfaserhaar. Sie sprach nicht, bewegte sich nur selten, und wenn, dann mit dem Temperament einer Schildkröte. Dafür aß sie mit gutem Appetit. Wirklich lebendig waren nur ihre Augen, die flink in dem faltigen Gesicht hin und her huschten. Niemals erwärmte sie der Glanz eines Lächelns, nie wurden sie vom Zorn verfinstert oder von Erstaunen geweitet. Sie waren wie das magische Kontrollauge eines elektrischen Apparates, alles kontrollierend, nie ermüdend und immer anwesend. Ulla verbrachte den größten Teil des Tages in der Küche, weil sie die wachsame Aufmerksamkeit der alten Augen nicht ertrug. Sie fühlte sich wie eine Maus, die von einer Eule beobachtet wird, von einem Uhu, der im Geäst hockt.

Wenn Arne nach Hause kam, dann thronte die Alte zwischen ihnen wie eine Keuschheitsgöttin aus Hartholz. Sie saßen schweigend vor dem Kanonenofen. Arne spielte mit seinen ungehobelten Händen, stocherte im Feuer oder starrte hinaus auf das Meer. Ulla strickte Rollkragenpullover und Socken. Sie streichelten die Katze und gingen früh zu Bett, obwohl es im Schlafzimmer eiskalt war. Und der Winter ist lang in Schweden.

Arne und Ulla sprachen nur selten miteinander. Es gab auch nicht viel zu sagen. Bei der Arbeit im Fischhafen ereignete sich nichts Erzählenswertes und im Haushalt erst recht nicht. Sie lasen keine Bücher, kannten kein Fernsehen und gingen nicht aus.

Arne hatte Ulla im Folketspark kennengelernt. Sie hatten miteinander getanzt, eng, wie es sich gehörte. Sie hatten nicht miteinander gesprochen, worüber auch, sie kannten sich ja nicht. Er hatte sie um den letzten Tanz gebeten, und das verpflichtet einen Jungen, sein Mädchen nach Hause zu bringen. Hinter der Mühle hatten sie Ziegelsteine in den Bach geworfen. Am darauffolgenden Wochenende waren sie mit Onkel Olafs Boot hinausgefahren in die Schären, hatten die Wildgänse belauscht und um die Wette geangelt. Arne fing zwei Störe. Zum Nachtisch gab es wilde Erdbeeren. Später waren sie im eiskalten Wasser geschwommen, hatten nackt in der Sonne gelegen, sich gegenseitig ohne Scham betrachtet und geliebt. Die Wildgänse hatten geschrien, und der Ginster hatte geduftet wie in noch keinem Jahr.

So hatte es begonnen. Zwei Jahre später hatten sie geheiratet. Es war eine große Hochzeit gewesen. Ganz Karlsham hatte mitgefeiert. Drei Tage und drei Nächte hatten sie getanzt und gezecht, getafelt und gelacht. Viele Gäste hatten sie gehabt, Freunde und Fremde. Jeder war willkommen. Es war ein tolles Fest gewesen.

Es hatte so glücklich begonnen und war nun schon fast vorbei. Ulla war zur Zeit so gereizt wie eine angeschossene Löwin. Tagsüber war sie von ätzender Verachtung, und nachts heulte sie vor Verzweiflung und Zorn. Arne kam immer später nach Hause und roch dann nach Schnaps und Fisch, denn er betrank sich in den Räucherschuppen im Hafen. Kneipen gab es bei den strengen Alkoholgesetzen nicht.

Daß das unvermeidliche Gewitter ihres Hasses sich nicht längst entladen hatte, lag einzig und allein an Tante Greta. Denn so wie sie sich vor der alten Dame ihrer Zärtlichkeit schämten, so schämten sie sich auch ihres Hasses. Sie fraßen den Zorn in sich hinein, wo er sich staute und staute, bis er die Dämme brechen würde. Der Tag der Katastrophe schien nicht mehr allzu fern zu sein.

In einer regnerischen Nacht – der Wind wehte vom Land und war schneidend kalt – nahm Ulla ihren Mantel und ging hinunter zum Hafen. Arne war letzte Nacht nicht nach Hause gekommen. Es war kurz vor Mitternacht. Er würde auch heute nicht mehr kommen. Sie lief die Straße hinab zum Meer. Als sie zu den Räucherbuden kam, begann es zu regnen. Die Tür der ersten Baracke war verschlossen. Sie versuchte es bei der nächsten. Ein warmer Geruch von geräuchertem Fisch schlug ihr entgegen. Sie brauchte ein paar Herzschläge, um ihre Augen an das Dunkel zu gewöhnen. In der Mitte des Raumes schwelte ein Räucherofen. Er warf kleine rote Lichtkringel an die Decke, unter der die Fische im Rauch hingen wie das Laub an einem weitausladenden Baum. Am Feuer kauerte eine Gestalt. Als sie näher kam, erkannte sie Arne. Er lehnte mit dem Rücken an einem der Holzpfosten, die das Dach trugen. In seiner Rechten schimmerte eine geöffnete Rumflasche. Es roch nach Schnaps, nach Holzkohle und Fisch.

Er schien nicht erstaunt, daß sie gekommen war. Er sah sie an, als hätte er sie erwartet. Es war still. Nur das Feuer knisterte. Dann sagte Ulla: »Du bist ein Säufer, ein widerlicher alter Säufer.«

Arne antwortete nicht. Er war blaß und unrasiert. »Willst du jetzt immer hier hocken? Wenn du meinetwegen nicht nach Hause kommst, so ist das ab heute vorbei. Ich gehe noch heut nacht.«

Sie drehte ihm den Rücken zu und ging. Es war das Ende. Als sie die Tür erreicht hatte, sagte er: »Vergiß deine Tante nicht.«

Sie blieb stehen und drehte sich langsam um. »Wieso meinte Tante? Willst du sie mir schenken?«

»Ich will sie dir nicht schenken, du kannst sie behalten. Ich bin weiß Gott nicht scharf auf die alte Eule.«

»Du hast sie mitgebracht«, sagte Ulla, »und du wirst sie auch wieder mitnehmen.«

»Sie ist deine Tante«, sagte Arne. »Schaff sie mir vom Leib.«

Ulla kam zurück zum Feuer: »Bist du so betrunken, daß du nicht mehr weißt, was du sprichst?«

»Ich bin nicht betrunken. Ich weiß, was ich sage.«

»Ist Tante Greta deine Tante oder nicht?« fragte sie.

»Nein«, sagte er, »sie ist deine Tante, und du weißt es ganz genau.«

Ulla sah ihn erstaunt an. Er schien wirklich nicht so betrunken, daß er nicht mehr wußte, was er sagte.

Zwei Wochen später gingen Arne und Ulla zu einer Bauernhochzeit in ein Nachbardorf. Sie nahmen Tante Greta mit. Als alle Gäste gegangen waren, blieb Tante Greta mit dem jungen Paar allein zurück, so wie sie es bei Arne und Ulla getan hatte. Dort lebt sie noch heute, sie glaubt als seine Tante, er glaubt als ihre. Wenn die beiden nicht darüber sprechen – und das ist in Schweden wirklich nicht zu erwarten –, so wird sie dort eines Tages sanft entschlafen, die gute alte Tante Greta.

Der Hexenhammer

Diese Geschichte wollte eigentlich ich schreiben, aber durch einen jener seltsamen Zufälle, wie sie jedem von uns bisweilen geschehen, ergab es sich, daß ich bei der Suche nach Unterlagen über Hexenprozesse in Südfrankreich auf die Geschichte einer jungen Journalistin stieß, die diese im Jahr 1928 verfaßt hatte und die ich Ihnen nicht vorenthalten möchte, weil sie mehr über allen krankhaften menschlichen Wahnwitz aussagt, als ich es zu beschreiben vermöchte. Ich wäre nur ein Erzählender. Das Schicksal der Herta Heine aber ist ein Teil ihrer Geschichte, oder genauer gesagt, eine Fortsetzung.

Im Frühsommer 1974 reiste ich durch die Provence, um eine geschichtliche Abhandlung über den Kreuzzug der Albigenser zu schreiben. Die Albigenser, so benannt nach der südfranzösischen Stadt Albi, waren zu Anfang des dreizehnten Jahrhunderts eine christliche Sekte, die sich von Rom losgesagt hatte. Sie predigten, daß die höchste Autorität für einen Christen die Bibel sei, nicht aber die Kirche oder gar der Papst.

Die Provence war zur damaligen Zeit einer der reichsten und blühendsten Landstriche Europas. Sie war wesentlich größer als das Gebiet, das wir heute als Provence bezeichnen. Die Menschen unterschieden sich noch stark in Kleidung, Sitten und Sprache von der Bevölkerung Nordfrankreichs. Das Land unterstand nicht den französischen Königen. Ähnlich wie in Oberitalien war es aufgeteilt in eine Vielzahl von selbständigen Herzogtümern, und in deren Städten und Burgen hatte sich eine hohe Kultur entfaltet, die für lange Zeit als leuchtendes Vorbild verfeinerter Lebensart galt. Es war eine glückliche Zeit. Das Mittelalter schien überwunden. Eine freie lebensbejahende Epoche hatte begonnen.

Als Innozenz der Dritte 1198 zum Papst gesalbt wurde, machte er es sich zur Lebensaufgabe, die bedrohlich anwachsende Ketzerei in der Provence zu zerschlagen. Da es die Inquisition noch nicht gab, wandte er sich zunächst an die weltliche Obrigkeit. Er forderte, daß alle Anführer der Albigenser Sekte öffentlich verbrannt und ihre Anhänger des Landes verwiesen werden sollten. Den aufgeklärten Herzögen der Provence muß die Aufforderung, ihre gehorsamsten und fleißigsten Untertanen zu verbrennen, so unsinnig erschienen sein wie uns der Befehl eines heutigen Papstes an alle italienischen Industriellen, sofort sämtliche Kommunisten zu erschießen. Die Forderung des Vatikans war eine Ungeheuerlichkeit, denn Ketzerverbrennungen waren dem frühen Mittelalter absolut fremd. Unsere Phantasie verlegt diese Greuel häufig ins »finstere« Mittelalter. Das ist falsch.

Für die Menschen der Provence war Innozenz III. so etwas wie ein Idi Amin auf dem Stuhle Petri. Man lachte mit Schaudern über ihn. Allein seine Anwesenheit war der beste Beweis für die Behauptung der Albigenser, daß der Papst nicht die höchste Autorität der Christenheit sei.

Da verkündete der Papst den Kreuzzug gegen die Provence, dem die Abenteurer aller Länder mit Begeisterung folgten, denn die reiche Provence versprach fette Beute und himmlischen Lohn. Für nur vier Wochen Waffendienst erhielt man bereits den Ablaß aller Sünden.

Damit begann eines der dunkelsten Kapitel in der Geschichte des Abendlandes. Die Greueltaten des Albigenser Kreuzzuges waren unvorstellbar. Sie lieferten das Vorbild für alle späteren Ketzerverfolgungen.

Mit der Geschichte der Inquisition in Europa seit einigen Jahren vertraut, war ich in die Provence gereist, um diesen selbstzerstörerischen Wahn an seinen Wurzeln zu ergründen. Ein mir bekannter

Prior hatte mir die Adresse eines südfranzösischen Zisterzienser Klosters gegeben und meinen Besuch angekündigt.

Als ich Toulouse morgens im Wagen verließ, stand der Mond noch als blasse Spur über der schlafenden Stadt. Zwei Stunden nach Sonnenaufgang war ich am Ziel. Auf einer flachen, bewaldeten Anhöhe reckten sich zwei Türme dem kalten Morgenlicht entgegen, so als wollten sie zwar den Himmel erreichen, aber doch nicht die Erde verlieren.

An der Pforte empfing mich ein bärtiger Laienbruder. Er brachte mich zu Pater Franziskus, dem Bibliothekar des Klosters. Und damit endet meine Geschichte, bevor sie richtig begonnen hat. Beim Stöbern zwischen alten und neuen Schriften stieß ich auf ein Manuskript aus dem Jahre 1928. Es stammte aus der Feder, oder richtiger der Schreibmaschine der Journalistin Herta Heine, die in der gleichen Absicht wie ich hierher gekommen war. Sie hatte ihren Artikel für die ›Berliner Morgenpost‹ verfaßt. Es war ein Gespräch zwischen ihr und dem damaligen Abt des Klosters. Herta Heine hatte eine Abschrift ihrer Arbeit an die Klosterbibliothek geschickt, um sich zu bedanken. Der Artikel war in Form eines Interviews verfaßt und lautete:

Morgenpost: »Hochwürden, ich komme zu Ihnen, weil diese Landschaft und Ihr Orden die Inquisition aus der Wiege gehoben haben. Verstehen Sie mich bitte nicht falsch. Ich habe nicht die Absicht, Sie für die Verbrennung und Folterung einiger Tausend Unschuldiger verantwortlich zu machen. Das wäre so töricht, als wollten Sie mich für die Kreuzigung Christi zur Rechenschaft ziehen, weil ich Jüdin bin. Ich komme zu Ihnen auf der Suche nach dem Menschen.«

Abt: »Die Frage nach dem Menschen ist so alt wie die Menschheit selbst, und sie erscheint mir mindestens so schwierig wie die Frage nach Gott. Es überrascht mich, daß sie von einer so jungen und auffallend schönen Frau gestellt wird. Bitte unterbrechen Sie mich nicht. Seien Sie ruhig unbescheiden. Ihre Jugend gibt Ihnen Rechte, die man in meinem Alter verloren oder – vielleicht sage ich besser – eingetauscht hat. Es ist ein Unterschied, ob diese Frage von einem Greisen oder einer jungen Frau gestellt wird. Sie stehen am Anfang. Was für Sie eine leidenschaftliche Existenzfrage ist, ist für mich nur noch Bilanz. Ich betrachte das Leben aus der Rückschau wie ein Buchhalter. Ein Buchhalter aber, der Bilanzen aus Leidenschaft zieht, ist eine lächerliche Gestalt. Ich hoffe, daß Sie nicht zu mir gekommen sind, um sich eine geschichtswissenschaftliche Lektion über die Inquisition anzuhören. Dafür gibt es dicke Bücher, die als Fleißarbeit Bewunderung abverlangen, die aber fast immer am Kern der wesentlichen Dinge vorbeigehen, weil sie den hoffnungslosen Versuch unternehmen, Projektionen der metaphysischen Welt wissenschaftlich erklären zu wollen, und das ist so absurd, als wollte ich die Mechanik Ihres Kraftwagens theologisch erläutern.«

Morgenpost: »Gibt es eine Erklärung für die Ketzer- und Hexenverbrennungen, denen in Mitteleuropa mehr Frauen zum Opfer gefallen sind als der Pest und den Blattern? Was ging in den Köpfen der Geistlichen vor, die im Namen Christi die teuflischsten Foltern erfanden? Das kann man doch wohl nicht nur damit erklären, daß die Menschen früher halt anders waren als heute?«

Abt: »Ich glaube ganz und gar nicht, daß die Menschen in der Vergangenheit anders waren als heute. Ich glaube, daß die Mönche meines Ordens, die vor siebenhundert Jahren den Kreuzzug gegen die Albigenser predigten, in ihrem Herzen – und nur darauf kommt es letztlich an – die gleichen waren wie wir heutigen.«

Morgenpost: »Die Brüder Ihres Ordens lehren als Wissenschaftler an der Sorbonne und an den Universitäten der ganzen Welt.«

Abt: »Ich weiß. Unter den Nobelpreisträgern der letzten zehn Jahre waren zwei Gelehrte meines Ordens.«

Morgenpost: »Aber wie können Sie dann behaupten, daß unter jenen aufgeklärten Naturwissenschaftlern noch ...«

Abt: »Ich habe nicht behauptet, daß noch welche unter ihnen sind. Ich habe gesagt, daß sie und wir alle bis in die Gegenwart die gleichen geblieben sind.

Sehen Sie, der Mann, der das Schießpulver erfand, war ein Mönch. Die Klöster waren die Hohen Schulen Europas. Sie brachten in einer Welt voller Analphabeten Gelehrte hervor, deren Erkenntnisse bis in die Gegenwart wirken, aber für sie alle waren Hexen und Teufel so unleugbar eine Realität wie für uns heute das Gesetz der Schwerkraft. Selbst der Reformator Martin Luther – übrigens auch ein Mönch – zweifelte keinen Augenblick seines Lebens an der Existenz von Hexen und Teufeln. Es ist durchaus nicht so, wie man bisweilen darzustellen versucht, daß der Aberglaube des dummen Pöbels den Hexenwahn geschaffen hätte.

Paracelsus, der wohl bedeutendste Arzt des sechzehnten Jahrhunderts und einer der wahrhaft großen Gelehrten seiner Zeit, war fest davon überzeugt, daß viele Krankheiten von bösen Hexen verursacht würden. Kopernikus, Versalius, Cardano aus Bologna, sie alle veränderten das bestehende Weltbild, begründeten die modernen Naturwissenschaften und umsegelten die Erde. Aber sie alle glaubten an die Worte des Trithenius, der als Gelehrter am Hof des Kurfürsten in Berlin lebte und verkündete: Verabscheuungswürdig ist das Geschlecht der Zauberer, besonders der weiblichen, die mit Hilfe böser Geister oder durch Zaubertränke dem menschlichen Geschlecht unabsehbaren Schaden zufügen. Leider ist die Zahl solcher Hexen in jedem Landesteil sehr groß. Selbst im kleinsten Ort findet man noch eine Hexe.« (Der Abt klappte das alte ledergebundene Buch zu, aus dem er vorgelesen hatte.)

Morgenpost: »Aber die Albigenser Verfolgungen begannen aus kirchenpolitischen Gründen, weil Graf Reimund ...«

Abt: »Ich kenne die historischen Hintergründe. Sie sind nur äußerliche Projektionen. Die Wahrheit liegt sehr viel tiefer.

Unsere Geschichte verläuft in einem geheimnisvollen Geschlechterrhythmus. Es gibt Epochen, die von männlichen Kräften beherrscht werden, und andere, in denen die weiblichen in den Vordergrund treten. Das erste Jahrtausend unserer Zeitrechnung war eine ausgesprochen männliche Welt. Die Frau hatte keinen Platz im öffentlichen Leben. Gegen Ende des Mittelalters vollzog sich ein ungeheurer kultureller Wandel. Das Gestirn der Frau stieg am historischen Horizont empor. Durch eine höchst seltsame Wandlung entstand beim Mann der Wunsch, die Beute möge sich aus eigenem Antrieb ergeben. Man wollte den kostbaren Besitz erwerben, nicht erzwingen. Der Beherrscher machte sich freiwillig zum Gefangenen.

Diese neue Epoche nahm ihren strahlenden Ausgang hier in der Provence. Plötzlich nahm die Frau nicht nur an den Gesellschaften der Höfe teil, sie wurde zum Mittelpunkt. Man kann heute kaum noch erfassen, was das für die damalige Zeit bedeutete, die bis dahin nur Männergesellschaften, Jagd, Gelage und Kriegshandwerk gekannt hatte.

Da geschah es in der vollkommensten Landschaft Europas, daß die irdische Liebe wie eine zarte Melodie alle Lebensbereiche verzauberte. Wenn ich irdische Liebe sage, so stimmt das nicht ganz. Es war keine Liebe im heutigen Sinne, sondern eine übersteigerte Form vergeistigter Erotik, die sich weit über alles Triebhafte erhob. Die höfische Liebe der Troubadoure war frei von jeder Stofflichkeit. Sie war Sehnsucht und vor allem Anbetung. Damit aber stellte sie sich in scharfen Gegensatz zum Christentum. Die Bibel stammt aus einer urmännlichen Epoche. Eva ist nur ein Rippenstück von Adam. Sie ist die Urheberin der Sünde. Sie ist Schlange, Satan und Zauberin in einer Person. Ohne das Weib gäbe es keine Versuchung und keine Vertreibung aus dem Paradies.

Vielleicht ist die Hexenverfolgung die äußere Projektion eines fürchterlichen Machtkampfes, der sich außerhalb unserer Verstandeswelt zwischen den männlichen und weiblichen Gestaltungskräften, den beiden mächtigsten Polen allen Lebens, abspielt. Die Menschen haben das gewiß nicht mit ihren Gehirnen erfaßt, aber sie haben es in ihrem Unterbewußtsein als etwas Unheimliches erlebt, das sie in namenlose Angst versetzte.«

Morgenpost: »Verzeihen Sie, wenn ich Sie unterbreche. Sie nennen die Bibel frauenfeindlich. Das mag sicher stimmen, aber soviel ich weiß hat sie niemals von Hexenverbrennungen gesprochen.«

Abt: »Doch, sie hat. Die Hexenverfolgung berief sich auf einen Satz im zweiten Buch Mose, den Luther übersetzte: Die Zauberin sollst du nicht leben lassen! Das Alte Testament fordert an mehreren Stellen ein erbarmungsloses Vorgehen gegen Hexen.«

Morgenpost: »Der Kreuzzug gegen die Albigenser war eine Verfolgung von Männern und Frauen. Sie war ein Kampf gegen das Ketzertum und nicht gegen Hexen.«

Abt: »Das stimmt, aber es stimmt nur für die ersten Anfänge. Im Jahre 1486 erschien in Köln ›Der Hexenhammer‹. Es wurde nach der Bibel das am meisten gedruckte Buch seiner Zeit. Ein krankhafter Frauenhaß beherrscht jede Seite dieser Druckschrift. Er richtet sich gegen alle Frauen. Eine, die selten zur Kirche geht, ist so verdächtig wie eine, die es häufig tut, denn sie will sich verstellen. Die flotte Witwe wird verdächtigt, die ehrsame Nonne desgleichen, denn gerade hier hat Satan seine besondere Freude an der Verführung. Der Haß richtet sich gegen alle Weiber. Von männlichen Zauberern spricht ›Der Hexenhammer‹ nur nebenbei. Er bedroht nur den Mann, der sich schuldig macht, einer angeklagten Frau beizustehen. Hexenmeister und Magier wie Doktor Faustus waren sogar hoch angesehen.«

Morgenpost: »Wie ist es möglich, daß sich dieser mörderische Aberglaube so lange halten konnte! Bekanntlich hat er ja bis ins neunzehnte Jahrhundert hinein gewütet und seine Schrecken gleichermaßen unter Protestanten und Katholiken verbreitet. Selbst das aufgeklärte Amerika ist ihm nicht entgangen. Wie war das möglich?«

Abt: »Warum sprechen Sie immer in der Vergangenheitsform, so als wären die Hexenverfolgungen für alle Zeiten vorüber, so als gäbe es sie nicht mehr?«

Morgenpost: »Na hören Sie mal, wir leben in einem fortschrittlichen Jahrhundert.«

Abt: »Oh, seien Sie da sehr vorsichtig. Die Renaissance bezeichnen wir als die Geburtsstunde der Individualität. In dieser Epoche starben Tausende von Menschen auf den Scheiterhaufen der Inquisition. Im frühen Mittelalter wäre das ganz unmöglich gewesen. Die Synode von Paderborn, die Karl der Große im Jahre 785 einberufen hatte, verhängte die Todesstrafe über denjenigen, der nach Art der Heiden glaubte, daß ein Mann oder eine Frau Hexe oder Zauberer sein könne.«

Morgenpost: »Aber wir verfügen über nie gekannte Aufklärungsmöglichkeiten. Wir leben in einem Jahrhundert der Tagespresse und des Rundfunks.«

Abt: »Die Erfindung der Buchdruckerkunst war für ihre Zeit mindestens so bedeutungsvoll wie die Erfindung des Radios für die unsere. Dennoch oder gerade deshalb haben die großen Hexenprozesse erst nach der Erfindung der Buchdruckerkunst stattgefunden. Die Inquisition benutzte sie für ihre Zwecke. Dem Radio wird es nicht anders ergehen.«

Morgenpost: »Aber sie glauben doch nicht allen Ernstes ...«

Abt: »Doch, ich glaube, daß wir Menschen uns nicht verändert haben. Wir sind nicht besser geworden, nicht reifer oder aufgeklärter. Schauen Sie sich die Geschichte an. Die Menschheit hat sich seit Christi Geburt nicht zum Bessern entwickelt. Warum sollte unser Jahrhundert da eine Ausnahme machen?«

Morgenpost: »Sie wollen doch nicht behaupten, daß die Menschen unserer Zeit noch an Teufel und Hexen glauben und es gar dahin bringen könnten, Unschuldige zu foltern und zu verbrennen. Das können Sie doch nicht ernsthaft glauben?«

Abt: »Schauen Sie nach Afrika, wo über weite Stammesgebiete entsetzliche Hexen- und Dämonenjagden dahinfluten. Auch hier in der Provence glauben viele Menschen an Hexen. Lesen Sie nur mal die Zeitungen. Sie sind voll von Berichten, in denen unschuldige Frauen in höchster Not den Schutz der Gerichte anrufen, weil ihre Nachbarn sie als Hexe verleumden und bedrohen.«

Morgenpost: »Ja, aber wir haben die Gerichte!«

Abt: »Wir haben sie noch. Aber so etwas läßt sich schnell abschaffen. Von der Antike bis zum Mittelalter kannte man den ordentlichen Prozeß, bei dem vom Ankläger eine auf Tatsachen begründete Beweisführung verlangt wurde. Diese jahrhundertealte Gerichtsbarkeit wurde von der Inquisition einfach abgeschafft. Der Ankläger brauchte keine objektiven Beweise. Der Beschuldigte erfuhr nicht einmal, wer ihn angezeigt hatte. Entlastungszeugen wurden grundsätzlich nicht zugelassen. Statt dessen wurde die Folter eingeführt.«

Morgenpost: »Erfolgte die Verurteilung völlig willkürlich, oder gab es bestimmte unzweifelhafte Kennzeichen, an denen man eine Hexe erkannte?«

Abt: »Es gab sie. ›Der Hexenhammer‹ sagt: ›Die Augen einer Hexe sind meistens grün.‹ Sie haben grüne Augen.

›Hexenhaar ist auffallend dicht und meistens pechschwarz.‹ So wie Ihr Haar.

›Die Hexe trägt meistens ein Muttermal auf dem Leib, eine auffällige Warze oder einen Drudenstern. Die Hexe hat einen flackernden unsteten Blick, der den Augen eines Geistlichen nicht standzuhalten vermag.‹ Schauen Sie mich an! Warum sind Sie so nervös? Haben Sie Angst?«

Morgenpost: »Angst? Nein, ich habe keine Angst. Wir schreiben das Jahr 1928. Der Albigenser Kreuzzug liegt siebenhundert Jahre zurück. Dieser Wahnsinn wird sich niemals wiederholen. Vernunft und Fortschritt haben über Folter und Feuer gesiegt.«

Unter dem Interview stand ein später hinzugefügter handschriftlicher Vermerk: *Herta Heine wurde 1943 im Konzentrationslager Bergen-Belsen vergast.*

Ehrlich währt am längsten

Advent in New York ist wie Fasching in Mekka. Mickymäuse, Luftballons und Pin-up-girls verkünden die Geburt des Heilands. Neonkerzen flackern über Silicon-Tannen. Mineralfaserschnee rieselt auf Knecht-Ruprecht-Roboter. Coca-Cola wünscht Merry Christmas.

Wieder einmal stand Weihnachten vor der Tür. Japanische Tonbandgeräte jubelten zur Ehre Gottes, und Registrierkassen klingelten wie Schlittenglöckchen.

Josuah Stern, Juniorchef der Stern Diamond Corporation, stand hinter seinem Verkaufstresen und schaute hinaus in den Regen. Ein Schwarzer trug ein Transparent vorüber: Gott erlöst auch Dich! stand darauf. Josuah Stern beachtete ihn nicht. Er hatte kein Verhältnis zur himmlischen Erlösung. Zahlen interessierten ihn mehr als Gefühle. Er war ein erfolgreicher Geschäftsmann, und er war stolz auf diese Tatsache.

Die Türglocke schellte. Eine Dame betrat das Geschäft. Josuah Stern, der mit seinen kurzsichtigen Maulwurfsaugen nicht mehr scharf sah, aber mit seinem geübten Geschäftssinn alles um so schärfer wahrnahm, erkannte sofort die Kaufkraft der Kundin. Sie war eine typische Tiefstaplerin. Ihr Habit war von salopper Eleganz. Ihre Bally-Schuhe sahen nicht aus wie Bally-Schuhe. Ihr Mantel war ein französisches Modell. Die Tasche, eine oberitalienische Handarbeit, war ein Vermögen wert. Ihr gepflegter Teint war das Resultat teurer Kosmetik.

Die britische Upperclass hat einen seltsamen Spleen. Man kauft sich den teuersten Stoff, den man bekommen kann, geht damit zum besten Schneider und läßt sich einen erstklassigen Anzug anpassen. Dann steckt man in jede Tasche einen Ziegelstein und hängt das Ganze in den Regen. Der Dandy weiß, daß er das Beste vom Besten trägt, aber er zeigt es nicht.

Sie war nicht mehr jung und noch nicht alt. Vermutlich feierte sie seit einem Jahrzehnt ihren dreißigsten Geburtstag. Nur die Augen verrieten ihr wahres Alter.

Josuah Stern nahm seine Kunden unter die Lupe wie Diamanten. Dieses Exemplar hier war hochkarätig.

Sie kam ohne Umschweife zur Sache: »Ich habe in Ihrem Schaufenster ein Kettchen gesehen und möchte es kaufen.« Das »Kettchen« war ein Brillantenkollier und kostete im Einkauf elftausend Dollar. Josuah Stern nahm es behutsam von der Samtunterlage, hielt es gegen das Licht und bewegte es so, daß die geschliffenen Steine von magischem Glanz erglühten.

»Es gefällt mir«, sagte sie. »Ich nehme es.«

Sie suchte in ihrer Handtasche nach einem Kugelschreiber, öffnete ihr Scheckheft und fragte: »Was kostet es?«

»Achtzehntausendvierhundert.«

Ohne zu zögern, trug sie den Betrag ein, setzte ihre Unterschrift darunter und sagte: »Sie brauchen es nicht aufwendig zu verpacken. Es ist für mich. Ich gebe heute nachmittag einen Empfang im ›Waldorf Astoria‹. Ich mag Brillanten auf dunklem Brokat.« Sie sprach mit irischem Akzent.

Josuah Stern blickte betrübt auf den Scheck. »Mißverstehen Sie mich bitte nicht«, sagte er, »aber ich habe nicht das Vergnügen, Sie zu kennen. Ich bitte um Ihr Verständnis, wenn ich ...«

»Aber bitte«, unterbrach ihn die Irin, »wenn Sie meine Bank anrufen wollen, die Telefonnummer steht auf dem Scheck.«

»Heute ist Samstag«, sagte Josuah Stern. »Die Bankhäuser haben geschlossen.« Er sah, wie ihre Hand den Scheck wieder zurücknahm. Josuah Stern wäre nicht Chef der Stern Diamond Corporation, wenn er diesen Rückzug tatenlos hingenommen hätte.

»Sie wohnen im ›Waldorf Astoria‹?« fragte er. »Haben Sie etwas dagegen, wenn ich mit Ihrem Hotel telefoniere?«

»Bitte«, sagte sie. Es klang kühl. »Ich wohne im Appartement achtunddreißig.« Sie gab ihm ihre Visitenkarte. Leonie Leroy stand darauf. Josuah Stern komplimentierte seine Kundin zu einem Biedermeier-Sessel und zog sich wie ein großer Krebs rückwärts kriechend in sein Büro zurück. Schon nach wenigen Minuten erschien er wieder in der Tür, sichtlich gut gelaunt. Sein Instinkt hatte ihn nicht im Stich gelassen. Die Geschäftsleitung hatte ihm bestätigt, was er längst wußte: Missis Leroy war über alle Zweifel erhaben. Sie wohnte in regelmäßigen Abständen im ›Waldorf‹, stets im gleichen Appartement.

Mit vielen falschen Entschuldigungen geleitete er seine neue Kundin bis hinaus auf die Straße, um ihr zu versichern, wie leid es ihm täte, gewisse Vorsichtsmaßnahmen ergreifen zu müssen. »Es geschieht nur zu Ihrem Schutz. Reine Routinesache«, sagte er. »Vertrauen ist gut, Kontrolle ist besser. Beehren Sie uns wieder.« Und zuletzt sagte er: »Merry Christmas.«

Sie lief die Straße hinab, fröhlich beschwingt wie

ein kleines Mädchen, das seinen Willen durchgesetzt hat. Ihr Haar flatterte im Wind. Sie überquerte die Fahrbahn, wandte sich nach rechts in eine Nebengasse, folgte dem Pfeil einer Einbahnstraße und blieb vor einem unverputzten Haus stehen. Das alles geschah zielstrebig und auf kürzestem Wege, so als habe sie die Strecke vorher abgeschritten. Sie schaute auf ihre Armbanduhr und betrat den Laden. Pfandleihe stand über der Tür. Ein dikker blasser Mann hockte in einem Korbsessel und stocherte mit einem Streichholz zwischen den Zähnen. Es roch nach Katzenkot und Kohl.

Sie legte ihren frisch erworbenen Schatz auf den Ladentisch und sagte: »Ich habe diese Brillanten erst heute bei einem New Yorker Juwelier erworben. Ich wollte sie auf einem Empfang tragen. Dummerweise habe ich ganz vergessen, daß heute die Banken geschlossen haben. Ich brauche dringend etwas Bargeld. Wären Sie bereit, dieses Kollier bis Montag zu beleihen?«

Der Alte betrachtete das Geschmeide, klemmte sich eine Uhrmacherlupe ins Auge und befingerte die Steine.

»Wieviel?« fragte er.

»Tausend würden mir bis Montagmittag reichen.«

»Eintausend?« fragte der Alte. Natürlich hatte er

den wahren Wert der Steine sofort erkannt. Irgend etwas stimmte an der Sache nicht. Er zögerte.

»Zweifeln Sie an der Echtheit der Steine? Ich habe sie bei Stern Diamond gekauft.« Sie zeigte auf die goldenen Buchstaben in der schwarzen Samtkassette. Der Alte hatte sie längst gesehen.

»Eintausend?« fragte er noch einmal, um sicher zu gehen.

»Wieviel würden Sie mir denn dafür geben?«

»Ich gebe Ihnen die tausend Dollar«, sagte der Alte. Er stellte eine Quittung aus, verschwand in einem Hinterzimmer und kehrte mit einem Bündel von zehn Hundertdollarnoten zurück. Sie steckte die Scheine ungezählt in ihre Handtasche. »Bis Montag«, sagte sie.

»Bis Montag«, wiederholte der Alte. Er war sicher, sie würde die heiße Ware nicht wieder abholen, und er sollte recht behalten. Das Kollier war mindestens zehntausend Dollar wert. Kein Mensch mit reinem Gewissen würde diesen Schmuck für tausend Dollar aus der Hand geben. Vielleicht war die Frau nicht richtig im Kopf? Nein, das war keine Irre. Die wußte, was sie wollte. Wahrscheinlich war die Ware so heiß, daß sie zu jedem Preis verkauft werden mußte. Auf jeden Fall hatte er das Geschäft seines Lebens gemacht. Ob die Steine wirklich von Stern waren?

Es gibt eine Absprache zwischen den jüdischen Juwelenhändlern in New York. Taucht irgendwo heiße Ware auf, deren Besitzer bekannt ist, so wird die Angelegenheit intern geregelt. Die Steine gehen stillschweigend an den Besitzer zurück. Der kassiert die volle Entschädigung seiner Versicherung und zahlt einen beträchtlichen »Finderlohn«, der weit über dem liegt, was man von einem Hehler für polizeilich gesuchte Steine zu erwarten hat. Man geht kein Risiko ein. Alle profitieren, und die Sache bleibt in der Familie.

Josuah Stern hatte bereits die Schutzgitter vor seinen Schaufenstern herabgelassen. Er schaltete die Alarmanlage ein und langte nach seinem Schirm, ohne den er sich auf der Straße so nackt vorkam wie ein gerupfter Truthahn. Just in diesem Moment schellte das Telefon.

Das Geschäft ist bereits geschlossen, sagte er zu sich selbst. Doch dann siegte sein Geschäftssinn, und er griff nach dem Hörer.

Wir wollen uns die wörtliche Wiedergabe des Telefongespräches ersparen. Es bestand aus wilden Verwünschungen und Wutschreien. Noch niemals war er so hereingelegt worden. Es ging um mehr als um Geld. Er hatte sein Gesicht verloren. Der Trick mit dem ungedeckten Samstagnachmittag-Scheck ist so alt, daß kein Lehrling auf ihn hereinfällt. Selbst der protokollaufnehmende Polizist schüttelte den Kopf: »Wie kann man nur?«

Josuah Stern schrie nach Rache. In seinem Zorn ließ er sich dazu verleiten, eine Belohnung von tausend Dollar für die Verhaftung der Verbrecherin auszusetzen. Die Beamten des Polizeireviers nahmen das Angebot nur allzu gern an. Und so nahm das Verhängnis seinen Lauf.

Als Leonie Leroy während ihres Empfanges im ›Waldorf Astoria‹ verhaftet wurde, kam es zu tumultartigen Szenen. Sie wehrte sich wie eine Tigerin. Mehrere chinesische Vasen gingen zu Bruch. Man legte ihr Handschellen an. Sie bekam einen Schreikrampf, der in einem völligen Nervenzusammenbruch endete. Es war ein Skandal ohnegleichen.

Zwei Tage später, am Montagmorgen, betrat ein älterer Herr das Juweliergeschäft und fragte nach Mister Josuah Stern. »Mein Name ist Collins«, sagte er. »Ich bin Rechtsanwalt und vertrete die Interessen von Missis Leonie Leroy. Meine Mandantin hat vor zwei Tagen in Ihrem Geschäft eine Kette gekauft.«

»Ein übler Schwindel«, sagte Josuah Stern. »Die Frau hat mich hereingelegt.«

»Wieso hereingelegt? Der Schmuck wurde mit einem Scheck der Standard Bank bezahlt und war –

wie es sich gehört und wie Sie leicht nachprüfen lassen können – ordnungsgemäß unterzeichnet und gedeckt. Das heißt, meine Mandantin hat den Schmuck rechtskräftig erworben und kann mit ihrem Eigentum verfahren, wie es ihr beliebt. Da sie vorübergehend pekuniär nicht flüssig war, ließ sie ihr Kollier in einer Pfandanstalt beleihen. Dazu war sie berechtigt, denn die Kette gehörte ihr. Sie haben durch Ihr rücksichtsloses Benehmen meiner Mandantin nicht nur schweren Schaden zugefügt, Sie haben sie gesellschaftlich und gesundheitlich ruiniert. Der Skandal, den Sie wider jede Vernunft und Rechtsgrundlage verursacht haben, verbietet es Missis Leroy, jemals wieder im ›Waldorf Astoria‹ zu logieren. Sie befindet sich zur Zeit wegen eines Nervenzusammenbruches in klinischer Behandlung. Die Schadenersatzansprüche meiner Mandantin belaufen sich gegenwärtig auf einhunderttausend Dollar, Krankenhausbehandlung und Anwaltskosten nicht eingeschlossen.«

Leonie Leroy gewann den Prozeß.

Sie gewann ihn innerhalb eines Jahres in Boston, Chicago und New York. Ich lernte sie und ihren Anwalt im Flugzeug zwischen Los Angeles und San Francisco kennen, wo sie zwei Schadenersatzprozesse gleichzeitig führten. Wir sprachen über die zunehmende Jugendkriminalität.

»Ehrlich währt am längsten«, sagte Leonie Leroy, und ihr Anwalt fügte hinzu: »Wo kommen wir denn hin, wenn sich niemand mehr an die Gesetze hält.«.

Engel sind überall

Gegen Mitternacht erreichte der Güterzug das Alpenvorland. Ächzend quälte er sich die Hänge empor.

Lokomotivführer Lehmann und sein Heizer Luigi Calvatello starrten schweigend in die Nacht. Der Himmel war bewölkt, aber die Sicht war klar.

Sie passierten jetzt eine ganze Serie von unbeschrankten Bahnübergängen, die die Bergdörfer mit ihren Wiesen verbanden.

»Hier haben wir letztes Jahr eine Kuh zu Hackfleisch verarbeitet«, sagte Calvatello. »Wir kamen von oben durch den Tunnel. Da stand das blöde Vieh auf den Gleisen. Ich sage dir, es gab einen Schlag, als wenn du eine Motte mit der Fliegenklatsche erwischst. Die Lokomotive war so mit Blut und Gedärm besudelt, daß wir sie waschen mußten. Die Reisenden auf der nächsten Bahnstation wären in Ohnmacht gefallen. Ich habe gar nicht gewußt, daß eine Kuh so viel Blut hat.«

»Besser ein Vieh als ein Mensch«, sagte Lehmann. Er entzündete seine Pfeife neu und erinnerte sich: »Es war am Ostermontag 58. Ich fuhr die

Strecke Wuppertal-Essen mit Kohle und Grubenholz. Wie ich aus einer bewaldeten Linkskurve komme, sehe ich plötzlich vor mir auf den Gleisen Menschen in bunten Frühlingskleidern, Kinder und einen kleinen Hund. Ich bin auf die Bremse gegangen, daß ich dachte, ich geh von den Schienen.

Mitten auf dem Bahnübergang brachte ich die Lok zum Stehen. Die Menschen flohen wie die Hühner.

Beide Schranken waren hoch. Die Tür zum Bahnwärterhaus stand offen. Der Schrankenwärter kniete neben dem Stellwerk vor einem Kruzifix und betete. Er schaute erst auf, als wir ihn anschrien.

›Es konnte nichts passieren‹, stammelte er. ›Ich habe doch gebetet.‹«

»Vielleicht hatte er recht«, sagte Calvatello. Er trug ein goldenes Kreuz um den Hals.

Der Güterzug donnerte über eine Brücke. Die blechernen Tankwagen dröhnten wie Trommeln. Die Männer schwiegen. Unten im Tal glitzerte das silberne Band eines Baches. Es roch nach frisch gemähtem Gras. Sie flogen an einem schlafenden Dorf vorüber. Eine einsame Lampe schaukelte im Wind. Der schwarze Schlund eines Tunnels verschluckte sie. Nässe tropfte von den Höhlenwänden. Die Scheinwerfer huschten über das Felsgestein. Der Berg spie sie wieder aus. Telegrafenmasten huschten wie Zaunlatten vorüber. Eine Brücke hüpfte über sie hinweg. In der Ferne leuchtete Schnee. Dann tauchten sie in den nächsten Tunnel ein. Er war krumm wie eine Banane. Der Blick reichte nur fünfzig Meter weit. Der Ausgang war nicht zu erkennen.

»Madonna«, schrie Calvatello. Die Augen traten ihm aus dem Kopf. Er bekreuzigte sich. Und jetzt sah es auch Lehmann: Vor ihnen auf der Strecke stand ein Engel. Oder schwebte er? Größer als ein Mensch mit wallenden Gewändern breitete er beschwörend die Arme aus, bewegte die Engelsflügel, als wollte er sie warnen, aufhalten. Lehmann ging voll auf die Notbremse.

Die Räder kreischten, glühten, spien Funken. Die Männer wurden nach vorn geschleudert. Calvatello schlug mit der Stirn gegen den oberen Fensterrahmen, verlor die Brille, fluchte. Fünf Schritte vor dem herabgestürzten Gestein blieb der Zug fauchend stehen. Auf einer Strecke von zwanzig Metern hatten sich Teile der Felsdecke gelöst. Brocken größer als Kühe lagen auf den Gleisen.

»Scheiße«, sagte Lehmann. Mehr brachte er nicht heraus. Er lehnte mit angstgelähmten Beinen an der Wand des Führerhauses und versuchte die Vorstellung zu verdrängen, was passiert wäre, wenn sie mit voller Fahrt in diese Lawine mitten im Tunnel gerast wären. »Hackfleisch«, dachte er. »Um ein Haar, und wir wären jetzt Hackfleisch.«

Calvatello betete laut und mit geschlossenen Augen. Er sprach Italienisch. Der andere kletterte von der Lok auf die Gleise, um sich zu entleeren. Ausgestandene Angst ist ein todsicheres Abführmittel. Er kannte das aus dem Krieg. Als er sich niederhockte, sah er wieder den Schatten des Engels. Die mächtigen Schwingen bewegten sich geisterhaft beschwörend. Calvatello warf sich auf die Knie. Im rechten Scheinwerfer der Lokomotive zappelte ein kleiner gefangener Nachtfalter. Die Lampe warf seinen vergrößerten Schatten auf die Felswand.

Hackepeter

Falls wir uns jemals in einer dunklen Nebengasse begegnen sollten, so werden Sie mir kaum Beachtung schenken. Ich bin ein durchschnittlicher Erdenbürger von unscheinbarem Äußeren. Sollten Sie mir jedoch gefallen, so wird diese Begegnung für Ihr Leben von großer Bedeutung sein, denn ich werde Sie ermorden.

Tagsüber arbeite ich als Angestellter in einer der altehrwürdigsten Universitäten meines Landes, unkündbar, pensionsberechtigt und gesellschaftlich geachtet. Mit meinem Beruf bin ich verheiratet, streng katholisch gewissermaßen, bis daß der Tod uns scheidet. Mein Hobby ist meine Geliebte. Ich bin leidenschaftlicher Amateur-Mörder, genauer gesagt Lustmörder. Nur was man mit Lust und Liebe macht, ist auf die Dauer von Erfolg gekrönt. Lustmörder unterscheiden sich von gewöhnlichen Raubmördern wie Dichter von Journalisten. Erstere schaffen aus schöpferischer Freude, letzteren geht es um Broterwerb. Wahre Kunst aber geht nicht nach Brot. Sie ist Selbstzweck wie der Jubel einer Lerche.

Falls mich jemals ein Gericht anklagen sollte – was ich bezweifle –, so wird mein Verteidiger auf »nicht zurechnungsfähig« plädieren, denn die Gesellschaft hält jeden, der aus Freude am Töten tötet, für krank. Dabei sind die, die aus Freude an der Arbeit arbeiten, mindestens ebenso krank, wenn nicht sogar kränker.

Als Kind habe ich Libellen enthauptet, Würmer gequält und Spatzen gesteinigt. Schmetterlinge pflegte ich auf Leim zu setzen, um ihnen hübsch langsam eine Nadel durchs Hirn zu bohren.

Später habe ich zahmen Kaninchen das Genick gebrochen und Schweine abgestochen. Schweine machen viel Freude. Wenn man es richtig anstellt, kann man eine Menge Spaß mit ihnen haben. Schön vorsichtig muß das Messer geführt werden, damit man den Säuen nicht die Stimmbänder verletzt. Dann schreien sie wie italienische Opernsängerinnen.

Noch später, als ich es mir leisten konnte, habe ich den Jagdschein gemacht, habe dem Reh zwischen die Augen geschossen und habe wildernden Katzen saubere Bauchschüsse verpaßt. Auch Angeln hat mir stets Freude gemacht, besonders der Forellenfang. Forellen verschlucken so schön gierig die Haken. Wenn man die zappelnden Gesellen in die linke Hand nimmt und mit der rechten langsam die Leine spannt, kann man ihnen bei lebendigem Leib die Eingeweide durch das offene Maul ziehen. Nur schade, daß Fische stumm sind.

Noch heute überfahre ich gern Hunde. Wenn man sie richtig erwischt, kann man ihnen mit dem Kotflügel das Rückgrat brechen. Dann liegen sie hilflos gelähmt auf der Straße und werden von den nachfolgenden Autos stückchenweise zu Brei verarbeitet. Ich liebe Autos. Sie sind die einzige Waffe, mit der sich ein Mord zum Totschlag verniedlichen läßt.

Liebend gern wäre ich Chirurg geworden. Menschen mit ihrem eignen Einverständnis aufzuschlitzen und die lästige Arbeit der Leichenbeseitigung den Angehörigen zu überlassen, das ist wohl der Wunschtraum aller Triebtäter. Und hin und wieder zur Entspannung eine kleine Vivisektion mit zahmen zutraulichen Rhesus-Äffchen. Wie verhalten sich lebende Meerschweine auf heißen Herdplatten? Wie lange lebt ein Hund mit vernähtem After? Meine Neugierde kennt keine Grenzen.

Leider bin ich kein Mediziner, sondern nur ein kleiner Angestellter in einer medizinischen Fakultät, ein Amateur-Mörder. Lassen Sie sich nicht von der Vorsilbe täuschen. Ich bin perfekt wie ein Profi und könnte mein Geld in jeder Metzgerei und in jedem Operationssaal verdienen. Es geht halt nichts über eine gründliche Ausbildung, und die habe ich. Erst nach langen Tierstudien wagte ich mich an den Menschen, die Krone der schlachtbaren Geschöpfe. Menschen lassen sich zwar genauso leicht abstechen wie Schweine, aber man muß ihre Schlachtung sehr viel sorgfältiger planen, weil die Opfer mehr Hirn haben und im Gegensatz zum Vieh den Schutz der Gesetze genießen. Wenn man hier nicht ungeheuer vorsichtig vorgeht, so wird man aus dem Verkehr gezogen und kommt nur alle drei, vier Jahre zum Abschuß. Das ist die Haftzeit, mit der ein Töter bei guter Führung heute rechnen muß, verdammt lange für jemand, der sein Hobby liebt wie ich. Das Problem liegt nicht so sehr darin, daß man ohne Spuren arbeiten muß. Wie in der Industrie liegt das größte Problem in der Abfallbeseitigung. Das ist in meinem Fall die Leiche, denn ohne Leiche keine Mordanklage. Bei einem tierischen Opfer ist das leicht. Niemand ruft wegen einer toten Katze die Polizei. Bei einem Menschen jedoch wird der gesamte Kriminalistenapparat des Landes in Bewegung gesetzt. Es gibt fast nichts, was Mörder nicht unternommen haben, um ihre Opfer zu beseitigen. Die Toten wurden im Meer versenkt, einbetoniert, verbrannt, in Säure aufgelöst, verfüttert. Fast immer vergeblich. Die moderne wissenschaftliche Verbrechensbekämpfung verfügt über unbegrenzte Möglichkeiten. Aus der Haarspitze eines Opfers ermitteln sie Blutgruppe, Geschlecht und Alter. Selbst aus der Asche ziehen sie noch Rückschlüsse auf die Tatzeit und die Todesart.

Ich habe lange über dieses Problem nachgedacht. Alle Großen meines Faches erlagen dem gleichen Denkfehler. Alle versuchten, ihre Leichen zu verbergen, zu beseitigen. Und genau das hat ihnen meistens das Genick gebrochen. Immer wieder habe ich mir gesagt: Wenn sich etwas nicht so verstecken läßt, daß es mit hundertprozentiger Sicherheit nicht wieder gefunden wird, so darf man es halt nicht verstecken, sondern muß es vor dem Auge des Gesetzes ausbreiten, so sichtbar und selbstverständlich, daß niemand Verdacht schöpft. Und genau das tue ich.

Bei mir in der Anatomie lagern viele Leiber und Köpfe und noch mehr Arme und Beine, die alle darauf warten, von lernbegierigen Studenten seziert zu werden. Wie in einer Bank wird sehr streng darauf geachtet, daß niemand etwas mit nach Hause nimmt. Junge Mediziner verfügen bisweilen über recht makabren Humor. Aber niemand achtet darauf, wenn ich in meinem Köfferchen hin und wieder etwas mitbringe.

Gift bekämpft man mit Gegengift

Die alte Dame erwacht von ohrenbetäubendem Lärm. Wer schießt denn da? Ist das etwa ein Erdbeben? Ihre Zähne auf dem Nachttisch vibrieren gegen das Glas, in dem sie schwimmen, so als hätten sie den Schüttelfrost. »Santa Maria della Grazia, ist denn die Welt völlig verrückt geworden?« Die alte Dame wälzt sich aus ihrem Bett, greift nach ihrem Krückstock und hinkt zum geöffneten Fenster. Mitten auf der Via Capuletti steht ein Mann mit einem massigen Mussolinischädel und bohrt seinen Preßluftbohrer in den Asphalt.

»Ruhe!« schreit die alte Dame. Der Unmensch hört sie nicht. Sie schließt das Fenster. Der Lärm bleibt.

»Männer«, stöhnt sie, »typisch Männer! Es muß etwas geschehen. Sofort! Ich muß auf die Straße gehen und mit dem Mann sprechen. Das lasse ich mir nicht gefallen!« Aber sie weiß aus der Erfahrung eines langen Lebens, daß das keinen Zweck hat. Der Bursche erfüllt seine Aufgabe unerbittlich und seelenlos wie eine Säge im Wald. Wie kann man mit einem Menschen, der einen Preßluftbohrer bedient, über Lärm sprechen?

Buzzi, der sonst um diese Zeit stets fröhlich zwitschernde Wellensittich, kauert verängstigt in seinem Käfig. Er zittert bis in die Schwanzspitze. Auch er leidet unter dem Dröhnen.

»Wir müssen etwas unternehmen«, sagt die alte Dame, die die Angewohnheit hat, laut mit sich zu sprechen, wenn sie allein ist. Sie hinkt in die Küche, um sich einen Tee aufzugießen. Beim Tee hat sie stets die besten Einfälle. Die Tassen scheppern im Schrank, als fahre ein Güterzug durch die Wohnung. Sie schaut auf den Stundenplan an der Wand. »Die erste Klavierstunde beginnt um zehn Uhr. Wie soll ich bei diesem Lärm Klavierunterricht erteilen? Wie lange dieser Kerl da draußen wohl noch wütet? Vielleicht geht das den ganzen Tag so? Oder sogar mehrere? Ich brauche das Geld dringend, um die Miete bezahlen zu können.«

Sie preßt die Hände auf die Ohren, um klar denken zu können. Die Stille gibt ihr Kraft. »Ich muß mir unbedingt etwas in die Ohren stecken, Watte oder warmes Wachs. Aber was mache ich mit Buzzi? Das Getöse wird ihn töten. Armer Buzzi! Wie friedlich wäre diese Welt, wenn es keine Männer gäbe. Keine Kriege, keine Technik, keine Brutalität und keine Umweltverschmutzungen, von denen die chemische noch die harmloseste ist. Schlimmer sind die moralischen, optischen und akustischen Belästigungen. Am schlimmsten jedoch sind die Männer. Sie sind schuld an allen Problemen, Muskeln ohne Gehirn und Gefühl, Giftmüll der Schöpfung. Wie hat Mutter immer gesagt: Gift bekämpft man mit Gegengift.«

Er sitzt auf einer umgedrehten Holzkiste am Rande der Straße, in der rechten Hand eine volle Bierflasche, in der linken ein belegtes Brötchen. Sein Preßluftbohrer steckt im Asphalt.

»Buon appetito«, sagt die alte Dame.

»Was?« fragt der Arbeiter. Der Bohrer hat sein Gehör abgestumpft. Er kaut mit offenem Mund und schmatzt.

»Bohren Sie noch lange?« fragt sie.

»Ein paar Tage.«

»Ein paar Tage? Das wird der Varese niemals zulassen.«

»Welcher Varese?«

»Vittorio Varese, der Schauspieler. Er wohnt über mir. Wenn er seine Rollen lernt, darf ihn niemand stören. Wissen Sie, was er gemacht hat, als ein paar Straßenmusikanten vor unserem Haus spielten? Er hat sich seine Polizeiuniform angezogen und hat sie verhaftet.«

»Seine Polizeiuniform? Ich denke, er ist Schauspieler.«

»Ist er ja auch«, sagte die alte Dame. »Aber er spielt in einem Kriminalstück am Theater einen Carabiniere. Das Stück läuft schon seit drei Monaten. Er ist ein hervorragender Polizist. Er ist mehr Carabiniere als ein richtiger Carabiniere, energisch und draufgängerisch. Ich wünschte, wir hätten Polizeibeamte wie ihn. Wenn er diesen Lärm hier hört, werden Sie ihn kennenlernen. Das läßt er sich nicht gefallen, der nicht.«

»Wir werden ja sehen«, grinst der Arbeiter. Er riecht nach Schweiß. Das schmutzige Unterhemd klebt an seinem feuchten Bauch. »Wir werden ja sehen.« Er spuckt sich in die Hände und geht zu seinem Bohrer.

Ein Hauch von Kölnisch Wasser weht herein.

Der diensthabende Carabiniere des dreizehnten Polizeireviers schaut erstaunt von seiner alten Schreibmaschine auf. Eine freundliche alte Dame mit weißem Haar wünscht ihm einen guten Tag.

»Was kann ich für Sie tun, Signora?«

»Ich komme nur ungern«, sagt sie. »Ich komme wegen Luigi. Er ist kein schlechter Junge. Nein, das ist er wirklich nicht. Aber Sie wissen ja, wie die jungen Leute heute sind.«

»Wer ist Luigi?«

»Luigi ist der Älteste meiner jüngsten Schwester. Er ist mein Patenkind. Ich mache mir Sorgen um ihn. Seitdem er arbeitslos ist, ist er so anders. Er hat nichts als Unsinn im Kopf. Ich glaube, der Junge weiß nicht, wohin mit seiner Kraft. Dauernd diese schrecklichen Schlägereien. Erst vorige Woche hat er einem sizilianischen Kellner das Nasenbein gebrochen.«

»Fühlen Sie sich bedroht?« fragt der Carabiniere.

»Ich? Aber nein. Zu mir ist er sanft wie eine Taube von der Piazza San Marco. Er liebt mich wie mein Sohn. Deshalb bin ich ja hier. Ich möchte verhindern, daß er sich unglücklich macht, daß er Ärger mit der Polizei bekommt.«

»Plant er eine kriminelle Straftat?« fragt der Beamte.

»Ja ... Ich meine nein. Es handelt sich um einen dummen Streich. Er hat mit seinen Freunden gewettet, daß es ihm gelingen würde, mitten in Rom eine Straße aufzureißen, ohne daß ihn irgend jemand daran hindern würde.«

»Das werden wir schon zu verhindern wissen«, sagt der Carabiniere, »so einfach geht das nicht.«

»Sie kennen Luigi nicht. Er wird seine Wette gewinnen. Er hat bereits mit der Zerstörung der

Straße begonnen. Die Via Capuletti sieht aus wie nach einem Bombenangriff.«

»Die Via Capuletti?« fragt der Polizist ungläubig. »Das ist mein Revier.«

»Deshalb bin ich ja hier«, sagt die alte Dame.

Der Carabiniere greift hastig nach Koppel und Mütze.

»Bitte reizen Sie ihn nicht. Er ist unberechenbar und stark wie ein Stier. Er ist kräftiger als Sie.«

»Das werden wir ja sehen«, schnaubt der junge Polizist. Dann rennt er auf die Straße.

Um elf Uhr zwanzig erscheint er in der Via Capuletti. »Leg sofort den Bohrer aus der Hand«, schreit er. »Du bist verhaftet. Falls du Widerstand leistest, mache ich von der Waffe Gebrauch. Ist das klar?«

Der Arbeiter schreit zurück: »Verschwinde, du Theaterclown, sonst brech ich dir alle Knochen!«

Mit gezogener Waffe geht der Polizist auf den Arbeiter los. Der läßt ihn bis auf Armeslänge herankommen. Dann gibt er dem Uniformierten eine schallende Ohrfeige. »Steck deine Spielzeugpistole ein, du Pinocchio«, sagt er. »Die Straße ist kein Theater. Und jetzt verpiß dich, sonst mach ich dir Beine.«

»Das ist Widerstand gegen die Staatsgewalt«,

schreit der Polizist. »Hände hoch! Du bist verhaftet.«

Der Arbeiter holt zum zweiten Schlag aus. Ein Schuß löst sich. Die Männer stürzen zu Boden.

Als die Ambulanz vorfährt, liegt der Carabiniere mit zerschmetterter Schläfe auf der Straße. Der Arbeiter verblutet auf dem Weg ins Hospital. Eine Kugel hat seine Schlagader zerrissen.

»Ein Fall von unglaublicher Brutalität«, sagt der Kriminalkommissar zu seinem Assistenten.

Aus dem Haus auf der anderen Straßenseite ertönt Klaviermusik. Im Fenster zwitschert ein Wellensittich.

In der Via Capuletti ist der Frieden wieder eingekehrt.

Nächtliches Gespräch

Wie eine Oase lag der kleine Park in der Betonwüste der Stadt. Der Mond schien durch die Zweige. Es war kühl. Ich schlug den Mantelkragen hoch und sah auf die Uhr. Mitternacht war längst vorüber. Wie lange es wohl noch dauern würde? »Mindestens zwei Stunden«, hatte der Arzt gesagt. »Gehen Sie nach Hause und legen Sie sich hin. Wir rufen Sie an, wenn es so weit ist.« Hinlegen.

Ich steckte mir eine Zigarette an und sah, wie meine Hände zitterten. So war es immer. Vor jeder größeren Entscheidung ergriff mich diese nervöse Unruhe. Mit der gleichen wölfischen Unrast war ich vor all meinen Examen durch die Nacht gezogen. »Morgen früh sind wir eine richtige Familie«, hatte Eva gesagt. Wie blaß sie war. Mein Gott, sie ist ja selber noch ein Kind! »Sie wird es durchstehen«, hatte die Schwester gemeint. Aber das versprechen sie ja wohl immer. Leere Worte.

»Pardon«, sagte eine Stimme dicht neben mir. Ich erschrak so sehr, daß mir die Zigarette aus der Hand fiel. »Pardon, ich sehe Sie rauchen. Darf ich

Sie um Feuer bitten? Ich habe mein letztes Streichholz gerade verbraucht, und um diese Zeit bekommt man keine mehr.«

Der Mann war kleiner als ich, schwächer und älter. Nichts Bedrohliches ging von ihm aus. Ein typischer Intellektueller, Studienrat, Professor oder so etwas. Er trug einen altmodischen Kneifer, Wollschal und Hut. Er rauchte aus einer Zigarettenspitze mit Gesundheitsfilter. »Leiden Sie auch unter Schlafstörungen?« fragte er.

Bevor ich etwas erwidern konnte, fuhr er fort: »Ich kenne das. Ich wandle jede Nacht hier umher. Es ist unvernünftig, im Bett zu bleiben, wenn man keinen Schlaf findet. Niemand würde sich an einen gedeckten Tisch setzen, wenn er keinen Appetit hat.«

Wir gingen schweigend nebeneinander her. Unsere Zigaretten glühten in der Dunkelheit. Wir erreichten eine Weggabelung.

»Wenn Sie es wünschen, lasse ich Sie allein«, sagte er.

»Nein, bleiben Sie ruhig. Ich versuche nur die Zeit totzuschlagen. Im Gespräch verfließen die Stunden schneller.«

»Ja, Sie haben recht.« Es klang erleichtert.

Und dann erzählte er mir seine Geschichte. Er sprach wie jemand, der sich von einer Last befreien will. Es war die Beichte eines unheimlichen Geheimnisses:

»Ich bin Biologe, Evolutionstheoretiker, wenn Ihnen das etwas sagt. Wir Evolutionstheoretiker sind gewissermaßen Darwins Jünger. Sie wissen ja, Darwin hat behauptet, daß sich alle Lebewesen durch Mutation fortentwickelt hätten. Unter dem Einfluß von Umweltfaktoren würden sich die Genprogramme aller Lebensformen ständig wandeln und anpassen. Darwin glaubte, daß sich diese Entwicklung in winzigen Schritten über riesige Zeiträume fortsetzen würde. ›Es gibt nichts Konservativeres als die Natur‹, pflegte er zu sagen. ›Sie hat Zeit. Kapriolen und hastige Sprünge sind ihr fremd.‹ Sehen Sie, und da hat der Meister sich geirrt. Je mehr wir Biologen uns mit den Zellkernen befassen, desto mehr wachsen unsere Zweifel an Darwins Mutationstheorie. Mutationen kommen nämlich viel häufiger vor, als man noch vor wenigen Jahren annahm. Sie ereignen sich in jeder lebendigen Zelle, stündlich und dutzendfach. Und dabei spielen äußere Einflüsse eine nur untergeordnete Rolle, selbst so extreme wie radioaktive Strahlung, chemische Giftstoffe oder außergewöhnliche Temperaturreize. Die Änderungen im Erbgut entstehen spontan und ohne Fremdeinwirkung. Es scheint so, als folgten sie einer inneren Stimme oder einer festgelegten Gesetzmäßigkeit. Ich studiere dieses Gebiet seit Jahren, und ich bin dabei zu Ergebnissen gelangt, die mich nicht mehr schlafen lassen.«

Er sprach mit großer Leidenschaft und bewegte die Hände mit weitausholenden abgehackten Schwüngen. Er redete so eindringlich auf mich ein, als läge ihm viel daran, mich an seinem Geheimnis teilhaben zu lassen.

»Darwin glaubte, daß diese Entwicklung in grauer Vorzeit mit einer Urzelle begonnen habe – als Schöpfungsakt sozusagen – und bis zum Jüngsten Gericht mehr oder weniger gradlinig fortlaufen würde. Aber auch darin hat Darwin geirrt. Es gibt in unserer Welt keine geradlinigen Entwicklungen. Alles zirkuliert in geschlossenen Bahnen. Selbst der unendliche Raum des Alls ist nach Einstein ein in sich selbst gekrümmter Raum, der zu seinem Ausgangspunkt zurückkehrt. Können Sie mir folgen? Nehmen wir ein einfacheres Beispiel: unser Jahr. Frühling, Sommer, Herbst und Winter, ein ewiger Kreislauf ohne Anfang und Ende. Oder betrachten Sie den Umlauf des Mondes: Ebbe und Flut. Welch ein Ring geheimnisvoll auf- und abschwellender Kräfte. Betrachten Sie den Tageslauf: Morgen, Mittag, Abend, Nacht. Wo ist der Anfang, wo das Ende in diesem Karussell der Natur?«

Er sprach immer schneller und erregter, wohl aus Angst, meine Aufmerksamkeit könne ermüden.

»Betrachten Sie diese Blüten hier!«

Er war vor dem Rasen stehengeblieben und zeigte auf die im Mondlicht leuchtenden Köpfe des Löwenzahns.

»Mit dem ersten warmen Sonnenstrahl beginnen sie in der Erde zu erwachen, sie keimen, sprossen, entfalten ihre Blätter, setzen Knospen an, öffnen Blüten, bilden Samen, kehren zur Erde zurück. Die einzelne Pflanze entsteht und vergeht, aber die Art pulsiert in stetigem Jahreskreis. Die einzelne Löwenzahnblüte weiß nichts von dem ewig rollenden Rad ihrer Existenz, denn sie lebt ja nur ein Jahr. Was weiß die Eintagsfliege vom immer wiederkehrenden Lauf der Tage?«

Der Alte bemerkte, daß ich auf meine Uhr schaute.

»Gedulden Sie sich bitte noch einen Augenblick«, bat er.

»Unsere menschliche Existenz begann in den Höhlen, so glauben wir, und erstreckt sich endlos bis in ferne Milchstraßen, die wir demnächst mit Lichtgeschwindigkeit erobern werden. So etwas gibt es nicht. Alles bewegt sich in Zirkeln, in unendlich kleinen wie die Umlaufbahnen im Atom oder in gigantischen wie die elliptischen Zyklen der

Sonnensysteme. Aber auch auf der Erde gibt es Zyklen, die so groß sind, daß wir sie wegen unseres Eintagsfliegendaseins kaum noch zu erkennen vermögen. Da ist das Phänomen der Eiszeiten. Zehntausend Jahre lang lag dieses Land unter Eis und Schnee. Den Gletscher-Perioden folgten tropische Regenzeiten. Und das nicht etwa nur einmal, nein, immer wieder, so wie Sommer und Winter. Wir kennen vier Eiszeiten. Weiter reicht unser Blick nicht zurück. Noch größer ist der Zyklus unserer menschlichen Existenz. Er beträgt nach meinen Berechnungen 880 000 Jahre. In dieser Zeit entwickelt sich das menschliche Gehirn von 700 Kubikzentimetern bis zu einem Volumen von 1700 Kubikzentimetern. Das ist die Hirnmasse des Neandertalers. Wir Heutigen befinden uns mit unserer Hirngröße bereits wieder auf dem Abstieg. Wie der Mond, so nimmt unser Gehirn zu und wieder ab. Der Mond benötigt 28 Tage, unser Gehirn 880 000 Jahre.«

Er blickte zum Himmel und fuhr fort: »Der Vergleich mit dem Mond ist nicht sonderlich gut, denn in der belebten Natur sind die Übergänge nicht so stetig, sondern abrupter, weil sie durch Mutationssprünge gesteuert werden. Können Sie mir folgen?«

»Warum erzählen Sie mir das alles?«

»Nach meinen sehr genauen Berechnungen wird sich ein ungeheurer Mutationssprung jetzt in diesen Tagen ereignen. Der biologische Quantensprung von einer Existenzschale in die andere.« Er sah mich an. Und da ich anscheinend nicht so reagierte, wie er es erwartet zu haben schien, rief er: »Wissen Sie, was das bedeutet? Das bedeutet, wir können noch so kompliziertes elektronisches Gerät entwickeln, innerhalb weniger Generationen werden die Menschen nicht mehr in der Lage sein, diese Dinge zu bedienen oder gar zu begreifen. Der Mensch fällt zurück auf die Stufe der Jäger und Sammler. Der Instinkt triumphiert über den Intellekt, die Natur über die Technik. Die Halbgötter werden zu Halbaffen. Und so wie die Natur zwölf Monate Zeit hat, sich von der Sonnenglut der Augusttage zu erholen, so hat sie schon bald 880000 Jahre Zeit, sich von dem Schaden zu erholen, den unsere kulminierenden Gehirne ihr zugefügt haben. Vor uns liegt das Neandertal!«

»Und daran glauben Sie wirklich?« fragte ich.

»Was heißt hier glauben! Ich weiß es. Ich kann es beweisen. Aber was nützt das. Keiner kann es verhindern.« Wir waren am Ende des Parks angelangt.

»Ich wette, Sie sehen zu schwarz«, sagte ich.

Er gab mir seine Hand. »Ich wünschte, Sie hätten recht.«

»Kaiserschnitt«, sagte der Arzt. »Ihrer Frau geht es gut.« Eine Schwester hinter einer Glasscheibe zeigte mir meinen Sohn. Ein Monster mit niedriger Stirn und wulstigen Augenbrauen schaute mich an. Seine langen behaarten Arme hatte er der Schwester um den Hals gelegt.

»Wie ist das möglich?« stammelte ich.

»Ich weiß nicht, niemand weiß es. Aber sie nehmen erschreckend zu. Heute nacht waren es drei.«

E. W. Heine
im Diogenes Verlag

»E. W. Heine ist ein Autor des Schreckens (nicht des Horrors). Er schleicht sich auf Samtpfötchen, mit knappen, luziden Texten ins Gemüt seiner Leser und richtet dort erhebliche Verstörungen an. Heine gehört in die Schublade Ambrose Bierce, Mark Twain, Roald Dahl und Co. und keine Etage tiefer. Heine ist ein freundlicher, sehr eloquenter Mensch, dem seine Vampirzähne nicht aus dem Mundwinkel wachsen. Die sitzen bei ihm im Gehirn und das ist allemal wirksamer zur Verbreitung des Schreckens.«
Stuttgarter Zeitung

Kille Kille
Makabre Geschichten

Hackepeter
Neue Kille Kille Geschichten

Kuck Kuck
Neue Kille Kille Geschichten

Das Glasauge
Neue Kille Kille Geschichten

Wer ermordete Mozart? Wer enthauptete Haydn?
Mordgeschichten für Musikfreunde
Mit Vignetten des Autors

Wie starb Wagner? Was geschah mit Glenn Miller?
Neue Geschichten für Musikfreunde

New York liegt im Neandertal
Die abenteuerliche Geschichte des Menschen von der Höhle bis zum Hochhaus. Mit 18 Vignetten des Autors

Nur wer träumt, ist frei
Eine Geschichte

Der neue Nomade
Ketzerische Prognosen

Luthers Floh
Geschichten aus der Weltgeschichte
Mit Vignetten des Autors

Toppler
Ein Mordfall im Mittelalter. Mit zahlreichen Vignetten des Autors

W. Somerset Maugham im Diogenes Verlag

»Er ist ein glänzender Beobachter. Menschen und Umwelt gewinnen bei ihm höchste Präsenz.«
D. H. Lawrence

Meistererzählungen
Ausgewählt von Gerd Haffmans. Aus dem Englischen von Kurt Wagenseil, Tina Haffmans und Mimi Zoff

Gesammelte Erzählungen in 10 Bänden
Deutsch von Felix Gasbarra, Marta Hackel, Ilse Krämer, Helene Mayer, Claudia und Wolfgang Mertz, Eva Schönfeld, Wulf Teichmann, Friedrich Torberg, Kurt Wagenseil und Mimi Zoff u. a.

Honolulu

Das glückliche Paar

Vor der Party

Die Macht der Umstände

Lord Mountdrago

Das ewig Menschliche

Ashenden oder Der britische Geheimagent

Entlegene Welten

Winter-Kreuzfahrt

Fata Morgana

Das gesammelte Romanwerk in bisher 13 Einzelbänden:

Der Menschen Hörigkeit
Roman. Erstmals vollständig in deutscher Sprache. Deutsch von Mimi Zoff und Susanne Feigl

Rosie und die Künstler
Roman. Deutsch von Hans Kauders und Claudia Schmölders

Silbermond und Kupfermünze
Roman. Deutsch von Susanne Feigl

Auf Messers Schneide
Roman. Deutsch von N. O. Scarpi

Theater
Ein Schauspielerroman. Deutsch von Renate Seiler und Ute Haffmans

Damals und heute
Ein Machiavelli-Roman. Deutsch von Hans Flesch und Ann Mottier

Der Magier
Ein parapsychologischer Roman Deutsch von Melanie Steinmetz und Ute Haffmans

Oben in der Villa
Ein kriminalistischer Liebesroman. Deutsch von William G. Frank und Ann Mottier

Mrs. Craddock
Roman. Deutsch von Elisabeth Schnack

Südsee-Romanze
Roman. Deutsch von Mimi Zoff

Liza von Lambeth
Ein Liebesroman. Deutsch von Irene Muehlon

Don Fernando
oder Eine Reise in die spanische Kulturgeschichte. Deutsch von Matthias Fienbork

Der bunte Schleier
Roman. Deutsch von Anna Kellner und Irmgard Andrae

Zehn Romane und ihre Autoren
Keine Autobiographie. Deutsch von Matthias Fienbork

DOMAINE FRANÇAIS

THÉORIE
DE LA CARTE POSTALE

DU MÊME AUTEUR

LES BARRICADES MYSTÉRIEUSES, Actes Sud, 1998 ; Babel noir n° 59.

TRIOMPHE DE DIONYSOS, avec Jérôme Leroy, Actes Sud, 1999 ; Babel n° 392.

LES IDÉES HEUREUSES, Actes Sud, 1999.

MYTHOLOGIE FRANÇAISE, Actes Sud, 2002 (prix Goncourt de la nouvelle).

GEORGES BERNANOS ENCORE UNE FOIS, Actes Sud, 2002 ; Babel n° 534.

SOUS LE SOLEIL DE L'EXIL : GEORGES BERNANOS AU BRÉSIL, 1938-1945, Grasset, 2003.

CHEZ MARCEL LAPIERRE, Stock, collection "Écrivins", 2004 ; La Table ronde, collection "La petite vermillon", 2010.

COURT VOYAGE ÉQUINOXIAL : CARNETS BRÉSILIENS, Sabine Wespieser Éditeur, 2005 ; La Table ronde, collection "La petite vermillon", 2008.

DES TRIPES ET DES LETTRES, avec Yves Camdeborde, L'Épure, 2007 ; nouvelle édition, 2010.

ROOM SERVICE, avec Yves Camdeborde, Actes Sud, 2007.

IL FAUT QU'IL PARTE, Stock, 2008 ; Babel n° 1097.

SERMON DE SAINT FRANÇOIS D'ASSISE AUX OISEAUX ET AUX FUSÉES, Stock, 2008.

LE PETIT LAPAQUE DES VINS DE COPAINS, Actes Sud, 2006 ; nouvelle édition, 2009.

LES IDENTITÉS REMARQUABLES, Actes Sud, 2009.

AU HASARD ET SOUVENT, Actes Sud, 2010.

LA CONVERGENCE DES ALIZÉS, Actes Sud, 2012 ; Babel n° 1195.

AUTREMENT ET ENCORE, Actes Sud, 2013.

ISBN 978-2-330-02771-1

SÉBASTIEN LAPAQUE

Théorie de la carte postale

ACTES SUD

à mes parents

Si je n'avais pas été entraîné dans quelques conflits de ce triste siècle, je crois que je n'aurais rien écrit de plus que quelques cartes postales.

Guy Debord

En remontant la rue des Écoles en direction du boulevard Saint-Michel, il avait songé au livre qu'il voulait écrire, une théorie de la carte postale à laquelle il avait rêvé voici bien longtemps et qui depuis quelques mois le réveillait en pleine nuit, il en entendait le tic-tac et la mécanique. Des projets, il en avait d'autres, des projets, il n'avait que cela, des livres qu'il voulait écrire et des livres qu'il n'écrirait jamais, mais, tout secondaire qu'il apparût, peut-être même insignifiant, ou inutile, celui-ci était en train de s'imposer de manière patiente et assurée. De toute façon, qu'est-ce qu'un livre signifiant et qu'est-ce qu'un livre utile? Tandis qu'il s'attardait à débrouiller cette question sans réponse, une façon pour lui de repousser le moment où il devrait se mettre à sa table de travail, et compter jour après jour les feuillets qu'il noircirait en faisant des croix sur son calendrier, sa "Théorie de la carte postale", dont il n'avait ni écrit ni murmuré le moindre mot, avait gagné la bataille des livres qui n'existaient pas encore et repoussé vers son tiroir ses travaux en cours, roman, essai, journal, nouvelles. Il se laissait faire, il oubliait qu'il avait le dessein de composer un poème sur un thème biblique, à moins que ce ne fût une pièce de théâtre, dans son idée, le héros en serait Noé, enfermé dans son arche, il s'angoisserait sous l'orage du silence de Dieu. Mais les livres, comme les poèmes, ne s'écrivent pas avec des idées. "On écrit les poèmes avec des mots", expliquait en son temps le poète Mallarmé au peintre Degas ; cette remarque l'avait toujours émerveillé. Ainsi l'heure de sa "Théorie de la carte postale" avait-elle sonné.

À Paris, tandis qu'il avançait rue des Écoles, l'image de son livre était encore un peu floue. Il en possédait la mélodie, mais en cherchait l'harmonie. À quelques amis curieux de ses travaux, il avait parlé d'une théorie, non pas d'un éloge ou d'une nostalgie de la carte postale ; ni même d'une apologie ou d'un panégyrique ; encore moins d'un tombeau, comme les poètes en écrivaient jadis en l'honneur des défunts. Il ne souhaitait pas célébrer la carte postale comme tant d'objets disparus du monde d'hier : encriers, moulins à café, cabines à pièces, tiroirs-caisses électromécaniques. Il n'envisageait pas de regarder les cartes postales dans le rétroviseur, ni d'en parler au passé surcomposé, ce temps attachant et incompris – *j'ai eu aimé les cartes postales, j'en ai eu écrit, j'en ai eu reçu.* Il voulait les évoquer à l'imparfait, ce temps dont l'avant-hier est profond et l'avenir dure longtemps, un temps inachevé et ouvert – *j'aimais les cartes postales, j'en écrivais, j'en recevais.*

Il ne mélancolisait pas. Avec ses cartes postales reproduisant des paysages choisis et ses mots écrits au recto, il voulait réinventer un présent plein de lendemains.

Il aimait les cartes postales, il continuait à en envoyer, il en achetait sans cesse, beaucoup plus qu'il n'en écrivait, il en rapportait de ses voyages, ses tiroirs en débordaient, il en glissait dans ses poches, il en dissimulait dans ses livres, il en envoyait avec la note de gaz ou la facture d'électricité, elles lui servaient de cartes d'invitation, de cartes d'anniversaire, de cartes de vœux, il lui semblait même qu'il en avait utilisé pour envoyer un mot d'injure, une vieille tradition française en train de se perdre, avec beaucoup d'autres. Des cartes postales, il en affichait également dans sa cuisine et dans sa salle de bains, en installait sur les travées de sa bibliothèque – parfois le vent emportait l'une ou l'autre –, en utilisait pour se remémorer la liste des courses. Au verso, Chambord, la chapelle Sixtine, le Corcovado, *Guernica*, *La Joconde*, *La Naissance de Vénus*, la Grande Muraille ou le Manneken-Pis ; au recto : pain, carottes, huile d'olive, lait, câpres, moutarde, citrons, tomates, côtes d'agneau. Même s'il aimait les plus anciennes d'entre elles, il ne s'agissait pas de célébrer les dernières lueurs d'un mourant paysage en rédigeant un livre plein d'images nocturnes, mais d'en proposer une théorie générale à l'usage de tous. Et non pas tant sous forme de spéculations abstraites que de consignes universelles. Il songeait aux anciennes instructions pour les prises d'armes, à ces vieux livres qui enseignaient les principes de la manœuvre dans le domaine militaire. Dans l'esprit de leurs auteurs, la théorie ne s'opposait pas à la pratique, elle la précédait. Il aurait pu dire "Considérations sur les cartes postales", mais ce mot de considération lui semblait un peu oublié, fané même, malgré sa puissance d'évocation. Qui entendait encore que celui qui considère ne se contente pas d'examiner l'objet de son désir mais le tient serré contre lui ? La considération dit l'examen et l'affection. Il y a de nombreuses énergies de sens dans ce mot et dans le verbe qui lui est attaché. Un peu d'ironie, même. Il se souvenait de l'agneau de la fable de La Fontaine suppliant le loup de ne pas le dévorer.

... que Votre Majesté
Ne se mette pas en colère ;
Mais plutôt qu'elle considère
Que je me vas désaltérant
Dans le courant
Plus de vingt pas au-dessous d'elle :
Et que par conséquent, en aucune façon,
Je ne puis troubler sa boisson.

Les bons maîtres de l'école de la République qui lui avaient appris à réciter cette fable par cœur ne lui avaient pas tout dit. Ils lui avaient enseigné que le loup était cruel mais ne lui avaient pas fait remarquer que l'agneau était insolent. A-t-on idée de donner du *Votre Majesté* à son agresseur ? A-t-on idée, pour l'humilier, de lui parler un langage si précieux, auquel rien ne manque, pas même un *je me vas* dont Vaugelas, dans ses *Remarques sur la langue française*, observait en 1647 qu'il était en usage à la Cour où l'on ne pouvait souffrir *je vais*, qui passait pour un mot du peuple. Ce qu'il ne savait donc pas, et qu'il mesurait désormais, c'est que l'agneau de la fable parle comme un petit marquis à un loup qu'il juge sans doute trop fruste et trop peuple à son goût. Grâce à Vaugelas, il était désormais au parfum.

Plus tard, il reprendrait ses *Remarques sur la langue française utiles à ceux qui veulent bien parler et bien écrire* et en sélectionnerait quelques passages remarquables à reproduire sur des cartes postales. Il avait des amis, plus nombreux qu'on ne l'imaginait en cette époque d'outrage systématique au bon usage, qui seraient heureux de recevoir des cartes postales élucidant l'art de parler.

(Il avait pensé à tout le mal qu'on faisait au langage. Il lui était alors apparu comme une évidence qu'écrire des cartes postales était un acte de résistance.)

Tout n'était pas perdu. Ou bien tout ce qui était perdu était en train d'être redécouvert. Il est une mémoire de l'oubli qui vaut mieux que l'oubli de la mémoire. Chercher un mot, savait-il d'expérience, c'était se souvenir qu'on l'avait égaré. Lorsqu'il était retrouvé, il permettait de renouer avec la beauté. La gloire des cartes postales était de permettre à chacun de le découvrir. On écrivait trois, quatre, cinq ou dix mots. En petits caractères, un peu plus. Mais déjà un mot suffisait.

Joie
Rêve
Soleil
Lumière
Souvenir.

Puisque sa théorie était aussi une pratique, il devrait le rappeler, souligner la force et l'évidence de ces mots, leur capacité à produire de la poésie automatique. Il pensait à ceux qui se désolaient de n'avoir pas d'idées pour écrire leurs cartes postales, il pensait d'abord à eux. Avant toute instruction, tout avertissement, toute réflexion ou toute remarque, il fallait leur rappeler qu'on n'écrivait pas des cartes postales avec des idées mais avec des mots, de jolis mots de tous les jours.

Joie
Rêve
Soleil
Lumière
Souvenir.

Ainsi, tandis qu'il marchait dans la rue en réfléchissant à sa "Théorie de la carte postale", était-il passé aux travaux pratiques. Avant même de dire où, quand, comment et pourquoi il aimait les cartes postales, il en écrivait. Il avait trouvé cinq mots, il en trouverait d'autres. Mais avec ces cinq-là, combinés de différentes façons, on pouvait déjà écrire beaucoup de cartes postales. Car certains jours, un mot ne suffisait pas. Il en fallait plusieurs. À son goût, on devait donner l'avantage aux groupes impairs. Lâcher les mots trois par trois pour commencer, comme des fusées multicolores dans le ciel de juillet.

Rêve. Joie. Lumière.

Joie. Soleil. Souvenir.

Lumière. Joie. Soleil.

Puis par cinq, arrangés selon la fantaisie de chacun.

Après cinq mots, on pouvait passer à sept, à neuf, à onze. Il fallait pour cela trouver d'autres mots. À Charles Baudelaire et aux *Fleurs du mal*, il était permis d'emprunter luxe, calme et volupté. Certains jugeaient cela convenu, et même d'une grande banalité, mais il s'en moquait. Il lui avait toujours semblé que ces mots trouvaient naturellement leur place sur une carte postale, qu'elle fût envoyée depuis un cabanon de pêcheur ou un palace, depuis le cap Corse ou la plage de Bray-Dunes. Luxe, calme et volupté. Il avait un penchant manifeste et remarquable pour les mots allant par trois. Il songeait à amour, délice et orgue, trois mots masculins au singulier devenant féminins au pluriel par une originalité de la langue française qui ne laissait pas de l'émerveiller. Luxe, calme et volupté... Amour, délice et orgue... Être français, se disait-il, c'était être heureux en prononçant ces mots et l'être plus encore en les adressant à un ami, calligraphié sur une carte postale.

Mais il ne pouvait pas sans cesse emprunter ses mots aux poètes et aux grammairiens. Il lui fallait, pour les offrir à tous, orner sa théorie et les proposer à la pratique, enfin trouver des mots à lui. Son expérience lui permettait de bien savoir, avec certitude, que les mots avec lesquels on écrit des cartes postales sont des mots d'allégresse et de féerie, des mots bleus, des mots légers, des mots qui montent vers le ciel comme des bulles de savon et s'en vont taquiner les nuages.

Rires
Paix
Silence
Harmonie
Paysages.

La palette s'élargissait, les possibles se multipliaient. Dix mots, on pouvait les laisser galoper par trois, par cinq, par sept ou par neuf. Cette première évidence entendue, on pouvait écrire vingt, trente, cinquante cartes postales. Viendrait plus tard l'envie de trouver des mots plus denses et plus longs, des mots du bonheur toujours, des mots de tous les jours, mais plus amples, plus moelleux.

Plénitude

Émotion

Enchantement

Tendresse

Apothéose.

L'âme légère, il aurait voulu continuer ainsi à l'infini. Tous ces mots, toutes ces cartes postales, c'étaient les rites des vacances, les timbres, les crayons jetés en désordre sur la table. C'étaient l'improvisation, l'ombre fraîche derrière les persiennes, les fous rires. On n'est pas sérieux quand on écrit des cartes postales. Ce n'est pas un devoir, c'est un jeu ; ce n'est pas un emploi, c'est un passe-temps. À force de chercher des mots plus amples, plus moelleux, on improvise des exercices de style. Toute idée d'idée abandonnée, on s'amuse. Du plus facile au plus difficile, on commence par s'imposer l'usage de mots de quatre syllabes. Des adverbes par exemple. Ils donnent à peu de frais le ton et le tour d'une lettre de Mme de Sévigné à la plus banale des cartes postales : entièrement, absolument, extrêmement, profondément, totalement. À cette liste, il n'oubliait pas d'ajouter l'adverbe divinement, pour lequel la marquise avait de l'affection. "Divinement vôtre"... À la ressouvenance de la marquise de Sévigné, cette formule avait le privilège d'associer celle du marquis de Sade. Mais il oubliait les adverbes tétrasyllabes et passait aux mots pentamètres, revenant aux noms communs et s'imposant toujours l'usage de la rime : déambulation, justification, réverbération, amplification. Et un mot disparu des dictionnaires modernes, retenu en l'honneur de Rabelais : pronostication.

Il pensait souvent à Rabelais. Il se disait qu'on était injuste de faire de cet amoureux délicat de la langue française un écrivain de ripailles et de beuveries. Les voyelles de Rimbaud, A noir, E blanc, I rouge, U vert, O bleu, émerveillaient petits et grands, mais plus personne ne daignait lire le chapitre du *Quart livre* dans lequel Pantagruel, Panurge et frère Jean des Entommeures embarqués sur l'Océan atteignent les confins de la mer de Glace et rencontrent les paroles gelées qui ressemblent à des dragées *perlées de diverses couleurs*. Quelle page, quelle verve, quelle fantaisie, quelles images, pourtant… "Nous avons vu des mots rouges, des mots verts, des mots bleus, des mots noirs, des mots dorés. Une fois réchauffés entre nos mains, ils fondaient comme neige, et nous les entendions réellement." Il admirait les dons de coloriste de Rimbaud et ses voyelles arc-en-ciel. Mais il lui semblait devoir rappeler les droits d'aînesse des mots rouges, des mots verts, des mots bleus, des mots noirs et des mots dorés de messire François Rabelais.

(Une fantaisie recommandée à tous : rédiger ses cartes postales avec un gros Bic quatre couleurs, le stylo des épiciers et des collégiens, afin de mêler à ses mots bleus, des mots verts, des mots rouges, des mots noirs, comme dans le *Quart livre*. Il existait même des feutres pour compléter l'arc-en-ciel avec des mots dorés.)

Rue des Écoles, le chemin n'est pas très long depuis le croisement avec la rue Monge jusqu'au boulevard Saint-Germain, on marche moins de dix minutes, on est à peine retenu par le collège de France sur la gauche et par la statue de Montaigne sur la droite, mais il avait eu le temps de penser à tout cela, de laisser monter en lui la faim et la soif de dire, l'impatience d'écrire et ainsi battait en lui un seul désir, se mettre à sa "Théorie de la carte postale" et de ne plus s'en laisser distraire.

Se pouvait-il que l'image de son livre, sa musique et son plan se fussent imposés si rapidement ? Quelques semaines plus tard, tandis qu'il séjournait dans un village breton, il lui avait suffi de trouver une autre rue des Écoles, plus petite, plus serrée que celle qu'il connaissait à Paris, pour repenser au projet qui lui était venu, un demi-clair après-midi de juillet, entre la place Maubert et le carrefour de l'Odéon. À vrai dire, il n'avait jamais cessé d'y réfléchir. Il avait même commencé à rassembler de la documentation. Dans *Le Parisien* du 26 juillet 2012, il avait découpé un article intitulé "Un temps à écrire des cartes postales”. Sa lecture lui avait appris que trois cents millions de cartes postales étaient vendues chaque année en France, dont deux tiers durant l’été. Trois cents millions de cartes postales pour soixante millions de Français, cela faisait quand même cinq cartes postales par Français et par an… Ce calcul était approximatif. Il négligeait les cartes achetées par les touristes et toutes celles qui étaient imprimées dans les départements et les territoires d’outre-mer, où les amateurs de photographies timbrées ne manquaient pas, même dans les plus lointains archipels de l’empire maritime français. Avouerait-il qu’il avait toujours rêvé de recevoir une carte des îles Kerguelen ? Ce compte négligeait les cartes achetées en France par des étrangers, mais il omettait également le nombre incalculable de cartes postales envoyées chaque année par des Français depuis l’Italie, la Suisse, la Grèce, l’Espagne, le Portugal, la Belgique, l’Irlande, le Danemark, l’Égypte, la Turquie, l’Algérie, le Maroc, Israël, les États-Unis, le Canada, le Brésil, l’Uruguay, l’Argentine, la Chine, le Japon ou l’Australie.

Cinq cartes postales par Français et par an lui apparaissait une moyenne défendable… Il aurait aimé savoir ce qu’il en était dans les années 1900. Pour cela, il devrait se rendre en bibliothèque et trouver une histoire générale de la carte postale. Il en existait forcément une, et pas simplement des albums dans lesquels des amateurs passionnés rassemblaient leur collection. Il avait songé également à éplucher la correspondance de quelques écrivains et artistes du XXe siècle. Ils avaient envoyé des cartes postales au milieu des folies de leur temps. Qu'avaient-ils imaginé pour s'en distraire? Quels mots, quels poèmes? Il faudrait chercher.

Mais il ne voulait pas s'enfermer dans l'histoire. Il convenait de demeurer dans la passion. Le passé ne l'intéressait que lorsqu'il durait longtemps et pouvait se conjuguer au présent. "Une théorie de la carte postale, pas une nostalgie", répétait-il comme un programme. Ce qu'il entendait souligner, à travers un *vade-mecum* de la carte postale, c'était la permanence et l'actualité de cet objet. Car malgré tous les *Shorts Messages Services* qu'on s'échangeait chaque année en France – on avait passé les cent milliards à l'échelle de la planète, les chiffres étaient vertigineux, comme si l'humanité entière passait désormais son temps à caqueter en réseau –, malgré les *Shorts Messages Services*, donc, le numérique, le courrier électronique et les réseaux sociaux, on continuait à s'envoyer des cartes postales sous l'œil d'acier des satellites de télécommunication. Leur temps n'avait pas pris fin et à en croire quelques observateurs autorisés, il n'était pas près de prendre fin. Il l'avait lu noir sur blanc dans *Ouest France*, un journal dont il faisait son pain quotidien en Bretagne : "La correspondance par mail n'aura pas raison de la carte postale."

Avant de commencer à rédiger sa "Théorie de la carte postale", il voulait rassembler, tenir et produire des preuves. Des choses lues, des choses vues, des choses entendues. Dans le village breton où il s'était arrêté, la rue des Écoles se prolongeait par une rue de l'Église. Dans cette rue de l'Église, il y avait un bar-tabac-PMU, le Longchamp, avec un store banne en toile verte, des banquettes en skaï vert et deux magnifiques tourniquets à cartes postales. Les ayant aperçus à travers la vitrine, il entra dans l'établissement, avança au fond de la salle, et s'installa au bout d'une banquette, avec à sa droite des anciens qui tapaient le carton en vidant des petits verres de kir, et à sa gauche un présentoir de la Française des Jeux proposant : "Pariez et vibrez." Il ne souhaitait ni parier, ni vibrer, il voulait écrire des cartes postales. En attendant, il avait soif. Tout ce vert autour de lui, les stores, les banquettes et les bannières publicitaires du pari mutuel urbain, lui avaient donné envie d'un vittel-menthe. Il lui suffit de passer la commande au garçon pour que lui reviennent immédiatement les vers d'Aragon :

Je demeurai longtemps derrière un Vittel-menthe
L'histoire quelque part poursuivait sa tourmente.

C'était dans *Le Roman inachevé*, un poème dont il n'avait retenu que les premiers mots et la chute – "Garçon de quoi écrire". Il se souvenait pourtant à quelle page il figurait dans son édition de poche du livre. Il avait dû se promettre de l'apprendre par cœur. On se promet d'apprendre des vers, on se promet d'écrire des livres, et l'on passe sa vie à courir après des vers oubliés et des livres qu'on n'écrit pas.

Mais ces deux vers d'Aragon, c'était déjà un bon début pour sa "Théorie de la carte postale", un très bon début, même. Las d'écouter les joueurs de belote à sa gauche et de se mêler indiscrètement à leur conversation – il était désolé par leur trivialité alors qu'il s'obstinait à croire à l'énergie poétique d'une bonne humeur populaire échappée d'on ne sait quel Moyen Âge légendaire –, accablé par leur langage emprunté aux émissions de divertissement et à la publicité, il but son verre de menthe à l'eau d'un trait, et se dirigea d'un pas décidé vers les tourniquets.

Il vit qu'ils portaient le sigle de l'éditeur Jack, établi à Louannec, dans les Côtes-d'Armor, anciennement Côtes-du-Nord. Puisqu'il s'agissait d'une "Théorie", il convenait d'être précis, et même technique en certaines occasions. Cette marque Jack, avec sa graphie caractéristique, en lettres jaunes sur fond bleu, éveillait en lui des souvenirs. Il lui semblait qu'il s'agissait d'un éditeur renommé dans le Grand Ouest, une maison assez ancienne. Se pouvait-il qu'il conservât la mémoire d'un siècle de cartes postales ? De retour chez lui, il lui suffirait de mettre en marche son ordinateur et de taper quatre lettres sur un moteur de recherche, suivies des mots "cartes" et "postales" pour le savoir. Mais il ne voulait pas procéder de cette manière. Car la composition de sa "Théorie" était aussi, était surtout une thérapie, mieux encore : des retrouvailles joyeuses avec des plaisirs démodés. Il fallait renouer avec les cahiers, les crayons, tendre les oreilles, ouvrir les yeux, chercher toute la science de l'univers dans le journal du matin et l'écrire avec la main pour retisser les liens usés entre le monde et les mots. Afin d'en savoir plus sur les éditions Jack, il leur adresserait un mot pour demander une documentation. Écrirait-il au recto d'une carte postale ? Ce serait l'occasion de définir un protocole expérimental.

Au Longchamp, les cartes postales proposées représentaient toutes sortes de panoramas bretons. En format large, il y avait des vues générales, sur lesquelles figurait un menhir, une plage, la côte sauvage ou un bateau de pêche, et des vues particulières, portant des noms de lieux. Dans le format classique, il vit des cartes à recettes, dédiées au far, au kouign-amann, à la cotriade, aux crêpes de blé noir, des Bretonnes en costume et des animaux, chiens, chats, poussins, cochons.

Il choisit une carte à 40 centimes de la série "Couleurs de Bretagne" représentant un phare dans les embruns. "Le phare de la Vieille", était-il indiqué au recto. Il connaissait le phare d'Eckmühl, le Créac'h à Ouessant, le phare du cap

Fréhel, mais pas celui de la Vieille. Il le retrouverait quelque temps plus tard sur la couverture de son guide vert Michelin *Bretagne* – édition de 1959 –, et apprendrait, page 160, qu'il s'élevait sur le dernier des récifs granitiques prolongeant l'éperon étroit de la pointe du Raz. À la caisse, il demanda un timbre à 58 centimes, paya et revint à sa place. Sur chacune des huit tables du Longchamp – il avait compté –, des bulletins de jeu pour un loto électronique étaient rangés dans des petits présentoirs en plastique translucide auquel un stylo-bille était attaché par une chaînette. Avec ce stylo, il était permis de parier et vibrer, ainsi que le suggérait la Française des Jeux. Mais il lui vint à l'esprit, puisqu'il était entré au Longchamp les mains vides, qu'il lui servirait aussi bien à écrire sa carte postale et à démontrer, du même coup, la souplesse de l'exercice et la modalité de son budget. En attendant la privatisation intégrale des anciennes PTT, leur déhachelisation, leur fedexisation, le service postal demeurait à peu près accessible à tous. D'où le bonheur d'écrire des cartes postales à l'heure des forfaits téléphoniques ruinant le consommateur.

Il n'avait pas l'intention d'écarter les questions triviales de sa "Théorie de la carte postale". Afin de mesurer la place occupée dans son existence par ce petit rectangle de papier glacé – on imprimait également des cartes postales sur du papier mat –, il entendait parler prix, format, grammage. Il n'avait pas encore commencé la rédaction de son livre, mais il avait dans la poche un petit carnet 11 x 17 cm de 96 pages à couverture rouge dans lequel il prenait des notes. Des cartes postales, il connaissait désormais le poids grâce au pèse-lettre de son bureau de poste – 3 g – et les dimensions standard grâce à son vieux double décimètre – 14 x 9 cm.

Dans un livre de collectionneur feuilleté chez un marchand spécialisé du passage des Panoramas à Paris, il avait trouvé une définition de la carte postale qu'il lui avait semblé utile de recopier : "Imprimé sur un support semi-rigide destiné à un usage postal, pour une correspondance à découvert." Magnifique ! Il sentait bien que cette notion de correspondance à découvert était essentielle, même s'il lui arrivait (rarement) de glisser ses cartes postales dans une enveloppe. Une carte postale sous enveloppe était-elle encore une carte postale ? La question méritait d'être soulevée et disputée avec autant de rigueur que celle des universaux par les théologiens dans l'Université parisienne du Moyen Âge. Une correspondance à découvert… Ces mots avaient naturellement frappé son imagination. Et l'avaient obligé à en convenir : qu'on exprime l'amour ou la haine, son orgueil ou son dépit, sa révolte, son anxiété, sa sérénité, son agacement, son admiration, sa confusion, sa curiosité, son éblouissement, son euphorie ou sa délivrance, lorsqu'on le fait sur une carte postale, on le fait de manière publique et assurée. C'est l'essence même de la chose. À ce propos, il était naguère tombé sur un article imbécile publié dans un grand quotidien en plein mois d'août. Était-ce toujours au cœur de l'été que les gazettes racontaient n'importe quoi ? À en croire l'auteur de ce texte, le défaut de la carte postale était de manquer de confidentialité… Véridique !… Noir sur blanc que c'était écrit… Dans un grand journal… Et ce n'était là qu'une tare parmi d'autres… D'après le signataire de l'article, la carte postale avait une influence funeste sur le style… Il comprenait où le zigue voulait en venir… Les apocopes, les aphérèses, les abréviations, les mots scalpés… Il s'en était frotté les yeux… Et ce n'était pas tout… Indiscrète et cacographe, la carte postale était par ailleurs accusée d'être ruineuse… Trois fois plus chère qu'un SMS !… Mais beaucoup moins chère, avait-il pensé avec rage, que le journal qu'il avait jeté dans sa corbeille à papier.

Qu'un gogo parle, que la bêtise fuse, que le mensonge infuse et immédiatement il se mettait en colère, alors qu'il eût été plus simple, beaucoup plus simple, pour avancer dans le monde et la vie, de ne jamais rien voir, de ne jamais rien entendre, de ne jamais rien dire, et surtout de ne jamais se souvenir, de *perdre la mémoire avec la voix*, ainsi que l'écrivit, il y a bien longtemps, un sénateur romain accablé par la brutalité de son époque. Pourquoi s'était-il une fois encore laissé distraire de son objet par le souvenir d'une menterie lue dans le journal ? Qu'est-ce qui n'allait pas ? Il aurait mieux fait de rester avec Aragon, lui qui ne négligeait pas les cartes postales. Le fou d'Elsa en collait sur les murs de sa chambre et en glissait dans ses poèmes :

Tu m'as quitté comme une phrase inachevée
Un objet par hasard une chose une chaise
Une villégiature à la fin de l'été
Une carte postale dans un tiroir.

Si Aragon savait que le destin d'une carte postale pouvait s'achever dans les replis soyeux de l'histoire littéraire lorsqu'elle avait la chance d'échapper à l'oubli au fond d'un tiroir, il n'oubliait pas que tout commençait souvent au bistrot, par une pensée soudaine, le sentiment du bonheur aperçu dans le marc, une image de l'avenir, une amitié retrouvée dans les reflets du zinc. L'angoisse de l'amour ou la certitude du bonheur se compactaient alors en une envie irrépressible, commandant la formule que le poète avait reprise : "Garçon de quoi écrire".

C'était quelque chose, se disait-il, ce vers bien sonnant du *Roman inachevé*. Né en Europe occidentale au début des années 1970, il n'avait jamais eu l'occasion d'entendre cette formule, et ne s'était pas aventuré à la lancer à la cantonade. Trop longtemps, déjà, que l'usage s'en était perdu.

Il eût fallu avoir connu la mélancolie des paquebots, la volupté des palaces, le tac-tac tac-tac des wagons-lits, la profondeur des vieux cafés. À Saint-Germain-des-Prés, entre la rue Saint-Benoît et la rue Mabillon, seuls quelques importants flanqués de jeunes femmes nerveuses faisant crisser leurs ongles vernis sur leur tablette électronique s'employaient à prolonger la pièce, longtemps après que le rideau était tombé. Ces diplodocus, lui avait soufflé un ami, rêvent d'écrire un jour à l'encre violette, sur des bristols à en-tête de l'Académie française, des mots empesés commençant par : "Mon cher confrère…" Ne nous moquons pas : laissons les morts enterrer les morts.

Nous savons donner notre vie tout entière tous les jours.
Voici le temps des cartes postales.

d'après Arthur Rimbaud

Dans sa "Théorie", il voulait rappeler qu'écrire une carte postale était la chose la plus simple du monde quand il s'agissait de reproduire les couleurs du bonheur. Il aimait commencer par la saison, comme dans les vieux poèmes japonais, puis évoquer quelques objets ou quelques fruits posés sur la table.

Printemps
Un bouquet de fleurs
Une carafe d'eau fraîche
Les premières cerises.

Au lendemain d'un splendide réveillon, avec vins fins et plats choisis, il était lyrique et prêtait volontiers des sentiments aux aliments.

Noël
Orgueil des homards
Superbe des dindes
Fierté des sorbets.

Pour un repas d'anniversaire, il faisait des rimes avec la joie des convives et poussait l'audace jusqu'à éluder l'auxiliaire.

Quinze bougies de septembre
Pauline heureuse
Anne rieuse
Billie bagarreuse.

Il était important de se souvenir du cycle des saisons. Et de faire leur place aux notations climatiques, inspiré par la netteté des bulletins météorologiques. Comme Saint-Exupéry dans *Vol de nuit* : "Ciel pur, pleine lune, vent nul." Certains jours, songeait-il en faisant tourner son crayon entre ses doigts, écrire une carte postale consistait simplement à poétiser le calendrier et la météo. "Août, soleil rouge", "Février, lune froide", "Avril, grand vert", "Octobre, mystère bleu".

Il aimait entendre dans toutes ces notations quelque chose d'intemporel. Il n'avait pas envie de vivre le présent comme un souvenir. La carte postale restait dans sa vie et dans celle de ses contemporains un objet très actuel – un bonheur en actes. C'était une chose qu'il raconterait dans sa "Théorie de la carte postale". Depuis qu'il pensait à son livre, il portait un regard nouveau sur les cafés, les bureaux de tabac, les librairies, les marchands de journaux. Il lui semblait voir des cartes postales partout... À la réception de l'hôtel où il était descendu l'autre jour, au syndicat d'initiative où il s'enquérait de l'horaire des bateaux pour Guernesey... Et même dans l'église, où des gisants de pierre du XIVe siècle avaient retenu son attention, même au supermarché où il était entré pour acheter un litre de lait. À l'église! Au supermarché! Allez savoir pourquoi... Mais s'il avait vu des cartes postales représentant l'église au supermarché, il n'avait pas trouvé, Dieu soit loué, de cartes postales représentant le supermarché à l'église... Cela viendrait peut-être... Qui a dit qu'on n'arrêtait pas le progrès? Dans ce monde de perfection technologique qui prenait jour après jour une allure de cimetière des belles choses, il faudrait quand même s'interroger sur cette résistance d'un passe-temps qui loin d'apparaître suranné – comme celui de monter à cheval, de boire l'eau du puits, de fumer son jambon dans la cheminée ou de dire la vérité –, apparaissait sans cesse renouvelé. Écrire des cartes postales! Cette formule suscitait en lui on ne sait quel frémissement secret, sans qu'il eût besoin de le prononcer à voix haute. Écrire des cartes postales! Lorsqu'il aurait achevé la rédaction de sa "Théorie", qu'il en aurait saisi le manuscrit, tendrement, sans lenteur, avec un doigt de la main droite et un doigt de la main gauche, et qu'il le présenterait à son éditeur, c'est peut-être le titre qu'il devrait lui proposer. Le mot de théorie lui tenait à cœur, il savourait sa forme, son idée, sa sonorité, il aimait ce *th* si parfaitement grec, il pressentait qu'il pourrait se prêter à quelque lacanerie – Théo-rit : Dieu se réjouit de la carte postale –, mais il voyait bien que sa densité et sa majesté étaient le signe de quelque chose qui pouvait effrayer ses contemporains. On n'était même plus dans l'âge de fer, on était dans l'âge du coton. Il était dangereux d'écrire trop classique, comme on sculpte le marbre de Paros : à la pointe et au burin. Ce monde agité n'avait plus la tête aux choses sérieuses. “Écrire des cartes postales” était sans doute une proclamation moins orgueilleuse, un menu plus digeste et un programme mieux adapté au *tu vois ce que je veux dire, enfin bon quoi, chacun son style...*

Il y avait bien des choses à raconter sur les cartes postales, il ne devait pas s'arrêter à ces questions de titre, ni s'arrêter à rien. Son souhait était d'abolir les frontières, de s'aventurer à l'étranger. Il évoquerait cette carte postale de la place Tianan men postée de Pékin à un ami le jour de ses cent ans – son ami avait mis trente-six mille cinq cent vingt-quatre jours à traverser son siècle, cette carte chinoise avait mis dix jours à traverser le monde. Il parlerait de ces cartes aux couleurs passées de l'Algérie française dénichées à Oran parmi des vues colorées de l'Algérie d'aujourd'hui – il les avait déposées dans une boîte aux lettres à l'aéroport Ahmed-Ben-Bella après avoir recopié une phrase d'Albert Camus au recto : "Les curieux événements qui font le sujet de cette chronique se sont produits en 194., à Oran. De l'avis général, ils n'y étaient pas à leur place, sortant un peu de l'ordinaire."

Il raconterait l'histoire de cette carte postale de Valparaiso qu'il n'avait jamais réussi ni à affranchir, ni à envoyer. D'un format un peu plus large que d'ordinaire, elle représentait les maisons aux murs bleus, verts, rouges, roses, ocre et violets du *cerro* Alegre. Passé l'ouragan d'une dictature militaire et celui d'une révolution libérale, le service public des postes chiliennes semblait s'être volatilisé. Si écrire des cartes postales est un jeu, les expédier peut s'avérer une épreuve. On peine parfois à acheter des timbres, on a du mal à trouver une boîte aux lettres.

Un ancien facteur lui avait rapporté qu'il avait existé un temps où, dans les grandes villes, les boîtes aux lettres étaient relevées six fois par jour. Autant de levées, autant de tournées. Cela éclairait ces cartes postales à l'énoncé presque fabuleux pour un spectateur du XXIe siècle : "Ne pas venir avant huit heures."

En 1950, des cartes postales affranchies avec un timbre spécifique portant le cachet des territoires des Terres australes et antarctiques françaises furent envoyées de Terre Adélie, possession française sur la terre ferme d'Antarctique. Ces cartes rarissimes avaient une fameuse valeur de collection. Sur la lune, pourquoi Armstrong n'avait-il pas écrit une carte qu'il aurait rapportée sur la Terre après l'avoir affranchie et oblitérée sur place? *"From the Moon with love. Neil."*

Il songeait maintenant à sa carte. Au verso représentant le phare de la Vieille, il devait faire l'hommage d'un recto joliment calligraphié. Depuis combien de temps était-il installé à cette table du Longchamp? En relevant la tête pour observer la salle devant lui, il lui sembla qu'il avait changé de place ; dehors, le ciel était très blanc. Tout à l'heure, lorsqu'il était entré dans le café, qu'il avait commandé un vittel-menthe et qu'il avait acheté une carte postale, la matinée était radieuse, lumineuse, malgré un léger voile nuageux qui n'empêchait pas le soleil de chauffer les pierres. La carte postale était posée devant lui, il était toujours assis au Longchamp, mais un jour, une nuit et un autre jour avaient passé depuis lors.

Il était donc parti. Et revenu. Il prenait des habitudes. À chaque fois, c'était ainsi qu'il trouvait le moyen d'écrire un livre, avec des horaires fixes, un coin dédié dans la maison ou au café, un cahier, un crayon de papier. Il aimait l'encre de Chine, avec une prédilection pour la couleur havane, il aimait les stylos plumes, bien qu'il eût l'habitude de les égarer et qu'il n'en possédât aucun de valeur, ni Dupont, ni Montblanc. Mais il lui était difficile d'écrire à l'encre, il en tachait ses doigts, il en tachait les pages de ses cahiers et la couverture de ses livres, ses cartouches se vidaient dans ses poches. Un crayon, un petit cahier et une gomme composaient décidément son bagage favori d'écrivain, même s'il prenait généralement le soin de garder un stylo-bille *par-devers lui*, comme disait joliment sa grand-mère, au cas où l'envie subite lui viendrait d'écrire une carte postale ; c'était une chose qui lui était arrivée, assez souvent. Il en rappellerait plus loin les circonstances variées.

Une carte postale au temps des SMS, c'était la revanche de la relation concrète.

Il se souvint alors d'un ami qui ne partait pas en vacances, un ami assez furieux dans son genre, très furieux même, joueur d'échecs et lecteur des romanciers russes, drôle et cultivé, qui avait décidé depuis bien longtemps de mener la vie farouche d'un loup solitaire, loin de la horde et de son ordre dégradant. C'était à lui qu'il devait envoyer une carte postale. Son ami aimait Aragon, ils en avaient souvent parlé ensemble, il saurait le reconnaître derrière une carte postale anonyme portant les mots "Garçon de quoi écrire" postée en Bretagne au milieu du mois d'août.

Devinez qui vous écrit aujourd'hui…

La carte postale anonyme n'a rien à voir avec la lettre anonyme. C'est une tout autre chose. Si toute carte postale ressortit au jeu, la carte postale anonyme est le Grand Jeu. Entre amants, entre amis, entre parents ou simplement entre collègues de bureau ou compagnons de bistrot, elle procède d'un subtil dispositif allusif qui fait sonner les souvenirs et chatouille la mémoire. C'est mieux qu'un clin d'œil, c'est le code secret de l'amour et de l'amitié. Ceux qui savent seuls comprennent.

À sa femme, il écrirait une date

À cet ami, un nom de lieu

À cet autre, une prophétie

À un troisième, une charade

À son premier frère, un nom de vin

À son second frère, le titre d'une chanson

Pour ses parents, il trouverait une carte postale représentant un dessin de Picasso daté du lendemain de sa naissance. *Many years ago*

À un supporteur, il enverrait la marque d'un match de football (et s'il appartenait à la catégorie des connaisseurs, la marque à la mi-temps)

À un gourmand, un nom de plat

À un joueur, le tiercé dans l'ordre

À un mélomane, une partition manuscrite

À une cave, une bafouille en argomuche
À un méfiant, un avertissement : "Ils arrivent"
À un sentencieux, une maxime
À un marin, la météo du jour : "Pas d'avis de coup de vent, mer belle"
À un naïf, la vérité
À un important, une flatterie
À un ennemi, un compliment
À un lecteur, merci.

Il aimait ce dernier mot, ce merci qu'il imaginait tracé avec d'élégantes lettres à l'encre violette. Il rêvait d'une carte postale à l'évidence absolue. Elle aurait la clarté de cette dédicace sur un exemplaire des *Fleurs du mal* conservé à la Bibliothèque littéraire Jacques-Doucet : "À M. Victor Hugo / C. B." Cet autographe le faisait rêver, comme le faisait rêver le mot de remerciement du reclus d'Hauteville House à Charles Baudelaire : "J'ai reçu votre noble lettre et votre beau livre. L'art est comme l'azur, c'est le champ infini : vous venez de le prouver. Vos Fleurs du mal rayonnent et éblouissent comme des étoiles. Je crie bravo de toutes mes forces à votre vigoureux esprit. Permettez-moi de finir ces quelques lignes par une félicitation. Une des rares décorations que le régime actuel peut accorder, vous venez de la recevoir. Ce qu'il appelle sa justice vous a condamné au nom de ce qu'il appelle sa morale ; c'est là une couronne de plus. Je vous serre la main, poëte."

Je vous serre la main, poëte… Enfant, ce tréma l'émerveillait, il ne lui serait jamais venu à l'esprit d'écrire poëte autrement qu'à l'ancienne. Ces deux petits points posés sur la page comme deux yeux noirs plantés au milieu d'un visage, épiant le lecteur pour le mettre en demeure d'être attentif, lui semblaient mieux qu'un signe distinctif. Il y voyait un certificat de garantie, un brevet de noblesse. Je vous serre la main, poëte… Ce mot de la fin était à la fois un plaisir absolu et un enchantement pur, il le rendait songeur. Il avait la furieuse envie d'acheter deux, trois, de nombreuses cartes postales et de le recopier sans délai pour quelques-uns de ses amis. Il connaissait des écrivains, des vignerons, des cuisiniers. Ils comprendraient, ils adoreraient. Je vous serre la main, poëte. Il retenait cette formule pour sa "Théorie de la carte postale". En toutes circonstances, il la conseillerait à tous. Texte à envoyer à l'auteur d'un grand roman ? Je vous serre la main, poëte. À un lycéen reçu à son bac ? Je vous serre la main, poëte ? Au héros d'un esclandre ? Je vous serre la main, poëte. À un ami tombé amoureux de la plus belle femme de Paris ? Je vous serre la main, poëte. À un insolent giflé par un membre de l'Académie française ? Je vous serre la main, poëte. À un joueur de rugby auteur d'un essai de quatre-vingts mètres ? Je vous serre la main, poëte. À un atrabilaire emmené au violon par les pandores pour ivresse publique et manifeste ? Je vous serre la main, poëte. À un camarade reclus six mois en ermite dans une cabane en bois au bord du lac Baïkal? Je vous serre la main, poëte. À un cuisinier breton inaugurant à Paris son troisième restaurant? Je vous serre la main, poëte.

Hugo après Rimbaud, Rimbaud après Rabelais, Rabelais après Mallarmé... Il avait le sentiment d'abuser des citations... Il connaissait des lecteurs que ça chiffonnait, des méfiants qui reniflaient le contrebandier, le pasticheur, l'écornifleur doué pour s'approprier en loucedé les mots des autres... Qu'y pouvait-il? Il avait beau faire, beau essayer de réinventer ce que de bons écrivains avaient admirablement exprimé avant lui, les belles phrases qu'il avait envie de calligraphier sur ses cartes postales étaient souvent celles des autres... "Bon Dieu, je voudrais me balader dans cette ville toute ma vie!"... Ernest Hemingway pour célébrer toutes les capitales du monde... "Tout a changé en Bretagne, hors les vagues qui changent toujours"... Chateaubriand pour fêter la côte sauvage... "Amants, heureux amants, voulez-vous voyager? Que ce soit aux rives prochaines"... Jean de La Fontaine pour composer un épithalame... "Ce que j'ai aimé le plus au monde ne pensez-vous pas que ce soit les femmes, l'alcool et les paysages?"... Paul-Jean Toulet pour gratter la corde des regrets... "Peut-être le bonheur n'est-il que dans les gares!"... Charles Cros pour une arrivée à Montparnasse… "Un jour nous prendrons des trains qui partent"… Antoine Blondin pour un jour de grève… "Dans Venise la rouge pas un bateau ne bouge"… Musset pour une promenade en gondole… "J'adore cette ville. / Saint-Paul est selon mon cœur. / Ici nulle tradition / Aucun préjugé. / Ni ancien ni moderne"… Blaise Cendrars pour une arrivée à São Paulo… "Valençay, Saint-Aignan et Langeais, Chenonceau et Chambord, Azay, le Lude, Amboise"… Charles Péguy pour une dérive dans la Loire… "À la gare de Perpignan, j'ai eu une vision exacte de la constitution de l'univers"… Dalí pour une échappée catalane…

Toujours attablé au Longchamp, au fond à droite, près du présentoir de la Française des Jeux, il contemplait la carte du phare de la Vieille posée devant lui avec, dans le regard, une étrange manière de tendresse. Pour son ami joueur d'échecs, enfin il traça quatre mots de son écriture aux lettres rondes : "Garçon de quoi écrire". Pas un mot de plus. Son ami reconnaîtrait immédiatement et l'auteur du vers et l'expéditeur de la carte. Il compléta les rubriques conçues pour recevoir l'adresse du destinataire, se leva, sourit. Écrire une carte postale était décidément un jeu.

"En France, quatre mille boîtes aux lettres ont été fermées l'année dernière à la campagne" (les journaux). Voilà le genre d'information qu'il n'aimait pas lire dans le quotidien du matin. Surtout que le mot "fermées" était un euphémisme. Il fallait entendre quatre mille boîtes aux lettres déboulonnées, démontées, réformées, peut-être même détruites. En bas de chez lui, accolée au mur de son immeuble, il y avait encore une boîte aux lettres jaune, une Dejoie modèle 1980, relevée tous les jours sauf le dimanche, à 13 h 30 du lundi au vendredi, à 10 heures le samedi. Il avait de l'affection pour cette Dejoie jaune fabriquée à Nantes en 2007 ainsi que c'était indiqué sur le côté. C'était une compagne à laquelle l'attachaient de vieux souvenirs ; quand il glissait une carte à l'intérieur, il lui arrivait de lui dire merci, comme à un ami auquel on confie un secret. Mais il pressentait avec angoisse le jour où ce truchement mimosa de ses bonnes et mauvaises humeurs, ce comprador de ses mots rouges, de ses mots verts, de ses mots bleus, de ses mots noirs et de ses mots dorés allait disparaître, sans qu'on eût prévenu personne et sans que personne ne s'en désolât. Au fait, combien restait-il de boîtes aux lettres jaunes en France – dans de rares endroits, on en trouvait encore des bleues et des bronze ? Cent quarante-cinq mille à en croire l'article qui avait suscité son effroi. Au train où allaient les choses, cela laissait encore quarante ans pour pouvoir poster ses cartes postales au coin d'une rue, au bout d'un quai ou dans le hall d'un aéroport. Au train où allaient les choses.

Voilà maintenant ce qu'il pensait : parmi les rares personnages destinés à demeurer populaires dans un monde qui ressemblait chaque jour davantage à une société anonyme, il y avait le facteur. Et cette popularité, pensait-il sans pouvoir en avancer la moindre preuve, tenait en grande partie au service des cartes postales.

En rentrant chez lui par un chemin de terre ouvert à travers les champs de blé, il inspira longuement en regardant les grands arbres frissonner au loin. Il avait jeté sa carte dans une boîte aux lettres jaune. La Bretagne verte et grise était belle. Un immense bonheur l'envahit. Il aimait les paysages choisis, les lieux où souffle autre chose que le vent. Soudain, il se souvint d'un dimanche matin où il s'était promené à Pau, la ville aux belles pierres. Il avait descendu la rue du maréchal Joffre, remonté la rue des Cordeliers en humant l'odeur du bonheur dans l'air béarnais. Sensible aux architectures anciennes, aux perspectives généreuses, il avait vu trois palmiers qui lui avaient fait songer à des contrées très lointaines et très belles. Il avait laissé le palais de justice sur sa droite, continué à marcher dans la ville encore endormie et presque déserte à cette heure. Il avait atteint la rue d'Orléans, avec le terrain militaire et la caserne Bernadotte tout au bout. Il s'était souvenu que son père avait passé son brevet de parachutiste à Pau. En quelle année? En 1964, peut-être, tandis que la Section paloise remportait le championnat de France de rugby avec quinze joueurs dont il pourrait un jour énumérer les noms sur une carte postale : Ruiz, Abadie, Etcheverry, Doumecq, Saux, Vignette, Cazabat, Moncla, Dulucq, Capdouze, Clavé, Piqué, Rouch, Lhande, Toyos… Il avait des amis amateurs de joutes sur le pré autour d'un ballon à deux bouts que cela ferait hurler de joie de recevoir une telle carte postale. Aux artistes, ces quinze noms rappelleraient que toute énumération compose un poème automatique.

Nom de couleurs : jaune, bleu, blanc

Nom de constellations : Céphée, Persée, Cassiopée – minuit au mois d'août

Noms d'épices : rocou, girofle, cardamome

Noms de nuages : cirrus, stratus, cumulonimbus.

Nom de villes, noms de rues, noms de fleuves, noms de poissons, noms d'oiseaux, noms de fromages, noms de vins, noms d'écrivains, noms de montagnes… Quand on énumère, la poésie gicle. Entendez ce simple et éternel poème de la langue française : bijou, caillou, chou, genou, hibou, joujou, pou… Ainsi une carte postale permettait-elle quelquefois de redécouvrir le bonheur éternel de l'énumération dans un monde qui ne parlait plus que le langage binaire des ordinateurs.

Arrivé au numéro 16 de la rue d'Orléans, cependant, il n'avait plus la tête ni au rugby, ni aux énumérations. Il s'était arrêté au pied d'une maison de deux étages à la façade carrée et aux murs gris qu'il était heureux de retrouver. Il avait levé les yeux vers une plaque qui ne lui apprit rien, mais qui l'avait ému comme la première fois.

LE 15 JUIN 1867
PAUL-JEAN TOULET
POÈTE ROMANCIER ESSAYISTE
EST NÉ DANS CETTE MAISON

Auteur d'une poignée de romans de grand style, de contes précieux, de journaux de voyage et d'un unique recueil de poèmes publié quelques mois après sa mort, *Les Contrerimes*, Paul-Jean Toulet n'avait pas fini de se rappeler à son bon souvenir. Un poète étonnant, ce Toulet, qui s'était attribué un deuxième prénom afin que ses initiales fussent plus jolies brodées sur ses mouchoirs. L'énoncé de son nom ressuscitait la bohème parisienne des années 1900. Né en Béarn, mort à Guéthary, sur le rivage basque, en 1920, cet enchanteur n'était pas un écrivain que pouvait négliger l'amateur de cartes postales. En songeant à ce troubadour friand de vins dorés de Jurançon, de jeunes filles vertes et de soirs écarlates sur les étangs bleus, il avait descendu la rue de Liège jusqu'à la place de Gramont, jeté un coup d'œil au château sur sa droite, puis continué dans le matin froid jusqu'au boulevard des Pyrénées, presque désert à cette heure. Place Royale, il était allé saluer la statue d'Henri IV, dont il possédait une carte postale ancienne imprimée par les Galeries Modernes, sans lieu ni date. Solennellement, il s'était incliné devant le monument : c'est au Béarnais qu'on devait la mise en place du service public de la Poste aux lettres, lorsque les courriers du roi furent autorisés à acheminer la correspondance des particuliers par un édit promulgué en 1603, quinzième année de son règne.

En songeant aux bénéfices de ce service public et aux périls qu'il encourait, il avait avancé sur la corniche, puis s'était arrêté au-dessus du gave et de la gare, avec la montagne aux cimes enneigées en toile de fond. La vue était si belle par ici.

À l'ouest, il avait reconnu les collines de Jurançon ; à l'est, les villages de Gélos, Lézons, Mazères, Uzos, Rontignon, Narcastet, Baliros… Face à lui, le pic de Cézy, le pic du Midi d'Ossau, le pic d'Aule et le pic de Sesques… Énumération, énumération…

Frémissant de joie face à ce panorama choisi, il n'avait rien trouvé de mieux à faire que de réciter une contrerime de Paul-Jean Toulet.

D'une amitié passionnée
Vous me parlez encor,
Azur, aérien décor,
Montagne Pyrénée.

Fantaisiste et miniaturiste, gardien jaloux du secret de l'accélération de la langue française, de ses obscurités, de ses merveilles, de ses orages et de ses brusques rayons de soleil, Toulet était décidément un poète à cartes postales. D'abord parce qu'il aimait les paysages et les noms de pays : il savait en deux mots dire où il était – ou bien quel lieu hantait sa mémoire. Tout faiseur de cartes postales devait connaître ses vers par cœur et savoir s'en inspirer. Le poète qui chaussait des espadrilles et coiffait un béret pyrénéen avant d'aller s'étioler en buvant des petits verres d'absinthe au café de Madrid à Guéthary avait l'art des mises à feu.

"Alger, ville d'amour…"

"Sur Versailles la rousse…"

"Sur le canal Saint-Martin…"

"J'ai connu dans Séville…"

"Dans Arle, où sont les Aliscams…"

"Palerme, où naquit Galien…"

"Bayonne ! Un pas sous les arceaux…"

"Ô France, et vous Île de France…"

"J'ai trouvé mon Béarn le même…"

"Bénarès, dont le nom est rempli de parfums…"

"Saigon : entre un ciel d'escarboucle / Et les flots incertains…"

Après les saisons et les climats, les paysages… Après les paysages, les noms de lieux… Il sentait son projet de livre cristalliser une esthétique à laquelle il aspirait depuis des années. Elle s'était d'abord organisée en désordre, à partir d'un bric-à-brac d'intuitions, d'une confusion de mots et d'images poursuivies dans ses rêves, de sensations qui macéraient au fond de sa mémoire, entièrement, absolument, extrêmement, profondément, totalement, divinement, de règles empruntées aux uns et aux autres – méfiez-vous du passé composé –, de méthodes improvisées mises en pratique dans ses romans, de poèmes qu'il n'avait pas cessé de se réciter depuis des années, sans s'être vraiment posé la question de leur sens, ni même demandé s'ils racontaient quelque chose en relation avec son existence – de poèmes qui pourtant constituaient le fonds de son imagination, la matière de sa langue et le mobile de sa vie.

Dans Arle, où sont les Aliscams,
Quand l'ombre est rouge, sous les roses,
Et clair le temps,

Prends garde à la douceur des choses.
Lorsque tu sens battre sans cause
Ton cœur trop lourd ;

Et que se taisent les colombes :
Parle tout bas, si c'est d'amour,
Au bord des tombes.

Plus le moment de se mettre à écrire approchait, plus son livre lui semblait destiné à organiser ces trésors en étoile en les liant avec du joli fil doré – comme dans la comptine.

Il n'avait pourtant cherché ni justification, ni prétexte, mais plutôt un supplément d'enthousiasme, lorsque pour la première fois, il avait osé prononcer les mots "Théorie de la carte postale". Ce jour-là, son livre était-il écrit ? Il lui semblait bien… Comme étaient écrits quelques autres livres dont il avait un jour eu l'audace de prononcer le nom, sans en connaître ni le premier, ni le dernier mot, sans savoir à travers quelle forêt *e aspra e forte* il irait de celui-là à celui-ci. Mais tout indiscrète et tout embarrassante qu'elle fût, cette question, même résolue, ou supposée l'être, en dissimulait une autre, plus lourde et plus grave, qu'il ne pouvait pas s'empêcher de poser dès qu'il avait écrit une phrase qui lui semblait avoir un peu de vitesse, un peu de velours, un peu de couleur – une phrase qui tenait debout. Cette question revenait sans cesse, la main posée sur un livre de trois cent cinquante pages ou sur une carte postale aimablement tournée. Quel est celui qui écrit pour moi ? Quel est celui qui écrit à travers moi ? Il ne savait pas le dire. Il avait la sensation de se promener dans ses souvenirs comme un cinéaste en repérage dans une grande ville ou un vagabond égaré dans un pays sans frontières. Il accédait à certaine inspiration supérieure. L'heure venait, rêvait-il, où il allait pouvoir troquer ses trésors contre des diamants. C'était *La Laitière et le Pot au lait* sans cesse recommencé, Jean de La Fontaine toujours ressuscité…

Quel esprit ne bat la campagne ?
Qui ne fait châteaux en Espagne ?
Picrochole, Pyrrhus, la laitière, enfin tous,
Autant les sages que les fous.
Chacun songe en veillant ; il n'est rien de plus doux.

Depuis quelques semaines, les vers appris autrefois lui revenaient sans peine. Il n'avait plus besoin de les poursuivre dans les plaines et les vastes palais de sa mémoire – *"in campos et lata praetoria memoriae"*, écrivait Augustin dans ses *Confessions*, dont il aurait pu s'inspirer pour rédiger une carte postale en latin. Ces vers grattaient à la porte, comme si chacun d'eux voulait s'assurer une place d'honneur dans sa "Théorie de la carte postale". Mais ce n'était pas tant à l'art du poète que lui avait fait songer la fable de Perette qu'à celui du moraliste. La carte postale avait beaucoup à gagner à l'école de la forme brève où s'illustra La Rochefoucauld. Une idée générale, un ton sentencieux et le recours orgueilleux à la deuxième personne du pluriel ou au pronom indéfini "on" permettaient de donner un style nouveau et une allure Grand Siècle à une carte postale de vacances.

… Si on avait plus souvent la tête à juillet, on l'aurait moins souvent aux bêtises… C'est un cruel tour que nous joue le mois d'août en ne durant que trente et un jours… Ce que nous appelons la Provence n'est que l'autre nom de la chance… Ce qui nous fait si tendrement aimer la Bretagne, c'est qu'on n'y est jamais déçu lorsqu'il se met à pleuvoir… On a bien de la chance de passer l'hiver à Patrimonio… À remuer la mer, on finit souvent par être d'humeur bleue… Soleil rouge, personne ne bouge… Nul n'est censé ignorer l'amour… Ici, et la mer et le soleil peuvent se regarder en face… Cet état liquide du désir qu'on appelle l'Atlantique… Ne rien faire est difficile et pourtant tous y parviennent… On cherche le bonheur dans les affaires du monde et on le trouve dans une chaise longue… La vérité d'un homme est dans ses lunettes noires… Un coup de soleil n'est souvent qu'un excès de gourmandise… Il nous reste assez de cœur pour penser à ceux qui travaillent… On n'étale rien si bien que son bonheur et sa crème solaire… Riez toujours… Ne comptez plus…

— Ça te vient tout seul ?

— Tout seul. Et j'ai mieux encore. Des tournures plus lapidaires, commençant par "On ne devrait jamais…" ou bien "On devrait toujours…". Elles permettent de découvrir le secret du mouvement perpétuel et d'écrire des cartes postales de grand style avec une finition à la feuille d'or qu'on dirait polie avec la main.

— Quel genre ?

— On ne devrait jamais manquer de glaçons… On devrait toujours renouveler les consommations… On ne devrait jamais se lever avant la tombée du soir… On devrait toujours se coucher après l'aube… On ne devrait jamais quitter Saint-Malo… On devrait toujours prendre des bains de mer… On ne devrait jamais faire des phrases trop longues en juillet… On devrait toujours envoyer des bises à la lune… On ne devrait jamais oublier que le soleil ne peut pas briller pour tout le monde… On devrait toujours dire adieu aux nuages… On ne devrait jamais s'arrêter d'être heureux avant d'avoir compté les étoiles jusqu'à mille… On devrait toujours chanter avec les colibris… On ne devrait jamais se moquer des mouettes… On devrait toujours saluer les hirondelles… On ne devrait jamais poser un cœur froid sur le sable chaud… On devrait toujours jeter ses chagrins à la mer…

— On continue?
— On continue.

On ne devrait jamais se laisser déranger par son réveil… On devrait toujours laisser entrer le soleil par la fenêtre… On ne devrait jamais prendre de billet de retour… On devrait toujours partir sans laisser d'adresse… On ne devrait jamais faire la vaisselle… On devrait toujours faire la sieste… On ne devrait jamais avoir de programme… On devrait toujours oublier sa montre… On ne devrait jamais compter le temps qu'il reste… On devrait toujours écrire des cartes postales…

— J'adore. Plus ça avance, plus tu vas vite.
— Tu as pensé à acheter des cartes postales ?
— J'en ai plein mon sac.
— Et des timbres ?
— J'en ai pris deux carnets.
— Tu as un stylo ?
— Toujours.
— Des crayons de couleur ?
— Évidemment.
— Alors on poursuit.

On devrait toujours prendre l'avion… On ne devrait jamais rester chez soi… On devrait toujours prendre le train… On ne devrait jamais hésiter… On devrait toujours s'émerveiller… On ne devrait jamais se poser de questions… On devrait toujours perdre son temps… On ne devrait jamais négliger l'Italie… On devrait toujours revenir à Lisbonne… On ne devrait jamais oublier qu'ailleurs est un mot plus beau que demain… On devrait toujours se souvenir que la vie ne suffit pas.

— C'est tout ?
— On ne devrait jamais arrêter.
— On devrait toujours savoir la suite.
— On ne devrait jamais hésiter.
— On devrait toujours improviser.

— Pas mal.
— On va pouvoir en écrire des cartes postales.
— On commence.

Il était toujours en Bretagne, toujours marchant sur un chemin de terre, toujours à travers les champs de blé, le ciel au-dessus de sa tête était d'un bleu constant, le soleil se laissait gentiment taquiner par les nuages, un vent doux venait de la mer, et des goélands portés par les courants aériens se faisaient une joie de surfeurs. Au milieu des oiseaux marins passait un petit avion de tourisme, un Cesna monomoteur à ailes hautes. Levant les yeux, il hâta le pas. Sa femme et ses enfants l'attendaient, ils savaient qu'il pensait à un livre, qu'il y réfléchissait de plus en plus fort, ils connaissaient son titre et allaient lui en parler, lui poser des questions au moment où il s'installerait autour de la table pour manger avec eux du lieu grillé, sinon des maquereaux de ligne cuisinés au vin blanc ou un poulet cuit en cocotte.

There is a Postcard of Love
And there is a Postcard of Deceit
And there is a Postcard of Postcards
In which these two Postcards meet.
d'après William Blake

Il y avait beaucoup de choses à raconter sur les cartes postales. Tant d'usages différents pour tant de lieux variés à recenser. Aujourd'hui, il songeait à toutes les cartes postales qu'il avait reçues, rangées dans des boîtes, qu'il n'avait pas regardées depuis des années ; il repensait aux cartes anciennes rapportées de ses voyages ; elles représentaient la rue Esmeralda à Buenos Aires, la rue du 25-Mai à Montevideo, le Pain de Sucre à Rio de Janeiro. N'étaient-ce pas ces souvenirs de voyage, de toute évidence, qui lui avaient mystérieusement commandé d'écrire une "Théorie de la carte postale" ? Il cherchait au tréfonds de lui-même le moment où l'idée de ce livre lui était venue, bien qu'il sût, avec certitude, que ce livre ne lui était pas venu comme une idée. Il lui était venu comme une merveilleuse sensation, un frisson qu'il lui semblait avoir éprouvé pour la première fois sur l'île de Paquetá, dans la baie de Rio, un joli jour de juin, sous un amandier aux larges feuilles. À mi-journée, le soleil cognait dur sur Paquetá. Il avait éprouvé de manière nouvelle le bonheur d'écrire une carte postale du bout du monde, puis de la glisser dans une boîte, en sachant qu'un inconnu la ramasserait, la jetterait dans un sac, la porterait dans un centre de tri, puis un autre du centre de tri à l'aéroport, d'où la carte, embarquée à bord d'un avion, s'envolerait dans les airs, traverserait les océans, les plaines, les montagnes, avant d'arriver à destination, d'être déchargée, convoyée, à nouveau triée, distribuée par le facteur et enfin – et seulement enfin – découverte dans sa boîte par le destinataire après une longue course à travers le monde.

Lorsqu'il regardait un avion long-courrier tracer des traits blancs dans le ciel, il ne pouvait pas s'empêcher de penser qu'il transportait des cartes postales d'un continent à l'autre. De quels amours, de quels avenirs parlaient-elles ?

Alors forcément, forcément alors, il s'était souvenu de l'épopée de l'Aéropostale, il s'était souvenu de toutes les cartes convoyées entre la France et l'Amérique du Sud aux temps héroïques de l'aviation, quand les pilotes risquaient leur vie pour que le courrier arrive à l'heure. Cartes de vœux, cartes d'anniversaire, cartes de remerciement, cartes d'amitié, cartes d'amour : frappées du cachet oblitérateur de la mythique compagnie aérienne, elles avaient une belle valeur de collection.

Il songeait à Jean Mermoz et à la carte qu'il adressa à un supérieur au terme d'un raid héroïque dans les Andes. À la fin de l'été austral 1929, le chef pilote de la ligne aéropostale Buenos Aires – Natal avait vingt-sept ans. Il entreprit un deuxième aller et retour au-dessus de la Cordillère en vue d'ouvrir un parcours régulier entre l'Argentine et le Chili. Parti de l'aéroplace de Pacheco à Buenos Aires, il contourna l'obstacle montagneux par le sud, en passant par la ville chilienne de Conception. Il lui fallut quatre jours pour rallier Santiago. Quatre jours au cours desquels il faillit se tuer avec ses passagers, son fidèle mécanicien Alexandre Collenot et le comte Henry de La Vaulx, doyen de l'aéronautique française. Le carburateur de son Laté 25 tomba en panne à 3 000 mètres d'altitude… Le paysage était grandiose, mais l'angoisse les empêcha de s'en émerveiller. Mermoz se posa 200 mètres plus bas sur une plate-forme à peine large de 6 mètres ouverte sur un précipice mais comprit que son avion, trop lourd sur cette pente, n'allait pas cesser sa course. À en croire les raconteurs de l'aviateur, qui ont transmis sa légende avec la délicatesse de moines copistes et l'or des enlumineurs de parchemins, il bondit hors de la carlingue et se jeta sous les roues de son Laté 25 pour le bloquer avec son dos, tel un titan sous un rocher. Le moteur réparé, il s'élança à nouveau dans les airs et se posa quelques heures plus tard sur la piste de l'aérodrome de Santiago. À un responsable de l'Aéropostale, il écrivit plus tard une carte altière. "4 mars 1929. De Santiago un vieux bonjour. Bien arrivé, voyage sportif, panne en montagne après Conception… Réparable heureusement. Compte partir Copiapo vendredi et rentrerai samedi à Buenos Ayres par la Rioja. Ici banquets, siestes mouvementées, promenades sentimentales. Malgré tout Cordillère chilienne pas désagréable vue d'en bas."

Mermoz ! Une vie entière tendue vers un seul but, que le courrier arrive à l'heure. Quand il faisait la ligne du sud au nord, de Saint-Louis-du-Sénégal à Toulouse, puis de Buenos Aires à Rio de Janeiro, le pilote glissait toujours dans le courrier une lettre pour sa mère, qui l'avait élevé presque seule et à qui il devait tout. Parmi ces lettres, il y eut de très nombreuses cartes postales. Recto verso, elles racontaient le grand jeu d'une vie pleine de paysages. Il avait vu l'une d'entre elles. Apprenant qu'il écrivait une "Théorie de la carte postale", un ami avait tiré de ses archives une carte couleur sépia de Rio représentant les arcs de Lapa, avec l'hôtel Gloria et le Pain de Sucre dans le fond. Adressée à Mme Gabrielle Mermoz, cette carte portait un texte simple et émouvant : "Beaucoup de baisers. Jean 12/04/28."

Le moment était venu, puisqu'il évoquait l'Aéropostale, la ligne aérienne ouverte par Jean Mermoz, Henri Guillaumet et Antoine de Saint-Exupéry entre les rives de la Garonne et celles du rio Gallegos, de dire à quel point il aimait la géographie, à quel point – il l'avait déjà exprimé à mi-mots, mais il osait l'avouer complètement –, sa "Théorie de la carte postale" devrait également être une théorie des noms de lieux. Le simple énoncé des étapes de la Ligne faisait recommencer en lui la merveilleuse sensation qui lui avait un jour commandé d'écrire son livre... Toulouse, Barcelone, Malaga, Casablanca, Agadir, Cap Juby, Villa Cisneros,

Port-Étienne, Saint-Louis-du-Sénégal, Dakar, Natal, Recife, Bahia, Victoria, Rio de Janeiro, Santos, Porto Alegre, Montevideo, Buenos Aires, Bahia Bianca, Santa Cruz, Rio Gallegos. Il avait écrit des cartes postales de Toulouse, il avait écrit des cartes postales de Recife, il avait écrit des cartes postales de Bahia, il avait écrit des cartes postales de Rio de Janeiro, il avait écrit des cartes postales de Montevideo, il avait écrit des cartes postales de Buenos Aires. Et il éprouvait dans l'instant une immense tendresse pour toutes les cartes postales qu'il lui restait à écrire.

Il devait penser à circonscrire un idéal de perfection auquel les cartes postales étaient presque seules admises. Elles avaient souvent le don de concentrer tout le mystère de la vie et tout le poids du monde dans une phrase. Et il n'y avait pas besoin d'être Guillaume Apollinaire, ni de savoir varier ses métaphores à l'infini pour en jouir. Qui ne savait dire : "Et souviens-toi que je t'attends" ?

En Belgique, lui apprenait le dictionnaire, on disait carte-vue ; ailleurs, en d'autres circonstances, on avait parlé de cartes-lettres ou de cartes-télégrammes.

Maintenant qu'il avait commencé à écrire et que sa "Théorie de la carte postale" avançait page après page sur un petit cahier d'écolier (acheté en juillet 2010 dans une papeterie de l'avenue du 18-Juillet à Montevideo : *"Quaderno 48 hojas, rayado con margen rojo, formato 170 x 220 mm"*), il se réveillait de plus en plus souvent au milieu de la nuit. Il n'y avait rien à faire, il fallait se soumettre, quitter son lit, retrouver son cahier, ses crayons, sa gomme et se remettre en route.

Une lampe allumée dans la maison, il écoutait un oiseau chanter, tirait les rideaux, regardait l'encre noire de la nuit se teinter peu à peu de bleu. Il n'était pourtant pas un écrivain de la famille des hiboux. Le soleil couché, son seul travail consistait à rêver. Mais la composition de sa "Théorie de la carte postale" exigeait de sa part un recueillement inédit, une façon d'office de la nuit, comme ces matines entonnées par les moines avant l'aube... *Seigneur, ouvrez mes lèvres, et ma bouche annoncera votre louange...* Tandis qu'il écrivait ces mots de l'antienne d'ouverture de l'office du matin, il entendait d'autres oiseaux, le cri de l'un bruissait comme un ruisseau de printemps, celui de l'autre roucoulait gentiment.

Les moines, les psaumes, les oiseaux... Par quels détours cherchait-il à s'évader de sa "Théorie de la carte postale" ? Par quelles ruses cherchait-il à se perdre dans ses pensées ? Il aurait pu aussi bien déchirer tout ce qu'il avait écrit et s'intéresser aux cours de la Bourse. Manquait-il d'informations ? Il repoussait sans cesse sa visite à la bibliothèque municipale où il avait prévu de se mettre en quête d'une histoire générale de la carte postale. Ce n'était pas la paresse qui lui faisait dire qu'il avait le temps. Il chercherait peut-être où et quand étaient nées les cartes postales, il dirait peut-être les modifications qu'avait connues leur usage. Peut-être. Car il savait pertinemment que ce n'était pas l'essentiel de sa "Théorie", son élan, sa vocation. Cet élan, cette vocation étaient de rappeler que les cartes postales restaient un objet vivant parmi tant de gadgets inertes dont on accablait nos vies simplifiées.

Au recto d'une carte représentant l'église Sainte-Gudule de Bruxelles affranchie le 14 août 1906, quelques mots, d'une écriture féminine : "Envoyez-moi des cartes postales. Vous me ferez toujours plaisir." Et une simple date : "Aujourd'hui."

La carte postale, c'étaient donc les mots alliés avec la vie. Dans l'empire de la marchandise, c'étaient l'amour et l'amitié tracés en belles lettres avec la main ; le bonheur et la beauté racontés avec de l'encre et du papier. C'était mieux qu'un objet vivant, c'était de la matière organique. Les limiers de la police scientifique, à qui tous leurs instruments électroniques permettaient de recenser le patrimoine génétique de l'expéditeur, en portaient témoignage. Malgré toutes les préventions de notre monde de perfection hygiénique, destructeur de boîtes aux lettres et dévoreur d'enfances, une carte postale, c'était aussi de la sueur et des larmes. Au recto, on ne reconnaissait pas simplement les pleins et les déliés d'une belle écriture, on retrouvait le tremblement d'une main, l'émotion au bout des doigts, la peur, les délices, l'espérance, la folie – vivants, bien vivants. Et il y avait le timbre, le timbre collé avec de la salive, dépositaire du souffle de l'expéditeur.

Comme un baiser.

Qui le croira? Cet émouvant tremblement de la vie, il aimait le retrouver au dos des cartes postales anciennes. Il n'était pas collectionneur, c'était entendu. À la valeur d'échange des mots et des choses, il préférait leur valeur d'usage. Il n'avait pas l'intention d'acheter de grands classeurs dans lesquels il rangerait ses trésors, ni de remplir des boîtes à chaussures de cartes cataloguées selon l'ordre et la suite qu'il aurait établis. Il ne souhaitait pas amasser les cartes postales comme un vulgaire capitaliste accumule du signe monétaire à ne plus savoir qu'en faire, avec pour seule ambition de devenir l'homme le plus riche du cimetière. Il voulait continuer à en écrire, au hasard et souvent, autrement et encore, aujourd'hui et toujours.

Mais non content d'en écrire, il aimait en recevoir, et quand on ne lui en envoyait pas, il savait s'en consoler en se rendant chez un marchand de livres anciens pour en acheter une poignée qu'il lisait une fois rentré chez lui, comme si elles avaient été postées la veille. (Il ne poussait cependant pas le luxe jusqu'à les glisser dans sa boîte aux lettres et à redescendre plus tard chercher le courrier. Il y a des gestes d'enfant et de poète qu'il ne s'autorisait plus. C'était bien dommage.)

De Quiberon, le 14 août 1929 : "Excursion magnifique. Baisers. Robert."

De Sablé, le 20 février 1907 : "Nous voici mercredi et tu ne nous as même pas dit comment s'était passé le carnaval. On commence à s'ennuyer. Nous avons eu tous deux la grippe, mais ça va. Voilà la pluie, triste temps. Bonne amitié à toi. Philippe."

De Tirrenia (Italie), le 5 septembre 1928 : "Baisers affectueux. Cristelle."

Du canal de Panama, le 20 décembre 1963 : "Il n'est pas facile de se faire une idée de cette écluse qui a 300 x 34 mètres. C'est un beau travail d'ingénieur, un peu désuet, car quelques charges atomiques ouvriraient maintenant un détroit. À 25-30 °C à l'ombre, nous avons visité de vieux palais espagnols et des aquariums. Bien respectueusement. Pierre."

De Strasbourg, le 8 janvier 1924 : "Mes bien chers amis, j'espère que Maman Gautier est arrivée à bon port et sans fatigue cet après-midi. En tout cas qu'elle ne se fasse aucun souci : son parapluie est sur le fauteuil où elle l'a déposé ce matin ! J'attends donc la venue de Thérèse et Félix pour le leur remettre et souhaite que d'ici là, le beau temps se maintienne. Grosses bises à tous. Paule."

D'Anvers, le 4 mai 1901 : "Je n'ai pas pu vous faire prévenir ce matin. J'étais souffrante et il eût été trop tard pour la leçon quand j'ai pu sortir. À lundi. Bien à vous. Thérèse."

De Rambouillet, le 21 septembre 1924 : "Mes amitiés et à bientôt. Louise."

De Vincennes, le 17 novembre 1908 : "Je suis toujours en attente d'une carte me donnant rendez-vous au Père-Lachaise. Serais-tu souffrant ? Aline."

De Salonique, le 15 janvier 1919 : "Je suis en bonne santé et désire que ma carte vous trouve de même. La campagne s'allonge. J'espère qu'elle sera menée à bonne fin. Je vous embrasse. Gérard."

De Châteauneuf-sur-Charente, le 30 septembre 1909 : "Papa Brisson vous portera demain un fût pour mettre vos raisins."

Ah, le fût de Papa Brisson… Il en avait souvent rêvé. Des raisins en Charente. Étaient-ils destinés à produire du vin, du cognac ou du pineau ? Et ce rendez-vous fixé au Père-Lachaise par Aline… Un 17 novembre, au beau milieu de l'automne… Pour commémorer avec retard les morts de la Toussaint ou pour une entrevue amoureuse d'un genre un peu particulier ?… Il y avait beaucoup de choses qui lui parlaient dans ces cartes postales anciennes… Pour Philippe, deux mois après l'armistice du 11 novembre 1918, la campagne de Thessalonique s'allongeait désespérément au sein de l'armée d'Orient du général Franchet d'Espèrey… Cette leçon – de français, de latin, de piano, de cuisine, de philosophie ? – que Thérèse ne reçut pas à Anvers… Il savourait les délires de savant fou de Pierre et son projet d'élargir le canal de Panama à coups de bombes atomiques… Il recevait comme si elles lui avaient été adressées personnellement l'amitié de Philippe, l'affection de Cristelle, les grosses bises de Paule… Longtemps après que leurs expéditeurs avaient disparu, il aimait recueillir les sentiments que ces hommes et ces femmes, plus vivants que morts à l'instant où ils retrouvaient leurs mots, avaient jetés sur des cartes postales, sans savoir qu'ils papillonneraient en liberté longtemps après que l'encre avait séché… "Mes bien affectueuses amitiés" (14 octobre 1918)… "Souvenirs affectueux" (26 juin 1922), "Mille baisers à partager" (14 janvier 1924).

"Une carte postale dans un tiroir"… Aragon avait décidément raison. C'était la chose la plus triste du monde. Même après avoir été postée, acheminée et reçue par l'expéditeur, une carte postale devait continuer à circuler. Et donc à vivre. C'était le principe même de la correspondance à découvert de ne jamais être enfouie.

Ici et là, pensant à sa "Théorie", il avait acheté de grosses poignées de cartes postales négligées par les collectionneurs mais qui pour lui étaient des façons de trésors. Ces cartes cornées, aux couleurs passées, portant des messages parfois à moitié effacés, c'étaient comme les paroles gelées du *Tiers livre* de Rabelais. Il suffisait de s'en emparer et de les réchauffer entre ses mains pour leur redonner vie. Certaines cartes postales étaient naturellement plus émouvantes que d'autres.

Ainsi cette vue du lac de Gérardmer, rédigée sur toute la surface de la carte, dans le sens de la hauteur, datée du 11 novembre 1918 : "Ma chère Marie, je ne peux pas laisser passer un jour pareil sans t'envoyer quelques mots. Te dire la joie que j'ai n'est pas possible, la prochaine fois, je te donnerai des détails car aujourd'hui, je ne peux pas t'écrire longtemps. Bons baisers à toute la famille sans oublier les sœurs Maria et Madeleine. Ton ami qui vous embrasse tous bien fort. Louis."

— Je vois très bien où tu veux en venir.

— Très bien ?

— Oui, le souvenir du nom, le souvenir des mots... Tu vas maintenant nous expliquer que c'est le signe et la preuve de l'éternité de l'âme... Si tu peux te souvenir de Robert, Philippe, Cristelle, Pierre, Paule, Thérèse, Louise, Aline, prononcer leurs noms et répéter leurs mots, c'est qu'ils sont vivants.

— Tu oublies Papa Brisson.

— Ajoutons Papa Brisson. La démonstration vaut pour lui.

— Tu crois ?

— Je ne crois pas, j'écoute. L'air de rien, tu es en train de nous bricoler une espèce de théologie platonicienne de la carte postale.

— Platonicienne ?

— En te souvenant de ces hommes et de ces femmes qui ont envoyé des cartes postales autrefois, en écrivant leurs noms que tout le monde a oubliés, en ressuscitant leurs sentiments, leurs affections, leurs enchantements, tu abolis le temps. Comme si les cartes postales préfiguraient un autre mode d'être.

— Celui des âmes séparées du temps ?

— Tu vois que tu sais très bien où tu veux en venir.

— Je ne sais pas.

— Si. Pour toi, les cartes postales sont un signe de la présence.

— De la présence de quoi ?

— De tout ! Je ne vais pas écrire ton livre à ta place !

— Tu crois que ça va si loin que ça ?

— Plus loin encore, même. À t'entendre, les cartes postales sont des instruments de réversibilité des mérites et de la mise en commun de chaque acte d'amour et d'amitié au profit de tout le genre humain.

— Je ne suis pas certain d'y avoir pensé.

— Tu l'auras senti. J'aime beaucoup ces histoires de paroles gelées. Tu n'as pas acheté des poignées de cartes postales anciennes pour rien. Des enfants indignes, des petits-enfants indignes, des arrière-petits-enfants indignes s'en sont débarrassés en les vendant au kilo, tuant une deuxième fois leurs parents, leurs grands-parents ou leurs arrière-grands-parents… Et toi tu les as récupérées avec l'idée de les réchauffer entre tes mains pour les ressusciter. Avoue-le.

— J'avoue.

— Tu fais bien. Je trouve ça très beau.

Il aimait donc les cartes écrites avec la main par des gens ordinaires dont on avait tout oublié, des hommes et des femmes dont les os avaient blanchi dans leur cercueil, dont la tombe elle-même avait disparu sous la poussière, mais dont restaient les cartes postales – mieux qu'un souvenir, une aura. Il aimait prononcer leurs noms, Robert, Philippe, Cristelle, Pierre, Paule, Thérèse, Louise, Aline, Papa Brisson. Ainsi était-il un collectionneur de cartes postales d'un genre un peu particulier, qui préférait le recto au verso et se contentait de quelques cartes choisies qu'il avait beaucoup de plaisir à relire. Aucun principe ne guidait ses achats de cartes postales anciennes. Il s'était d'ailleurs écoulé de longs mois, voire plusieurs années sans qu'il s'en souciât. Il avait une affection singulière pour les mots d'enfants écrits en grosses lettres rondes tracées avec autant d'amour que de soin... À Louis, qui avait choisi une carte postale représentant un voilier et avait écrit le 3 août 1969 une carte au crayon de papier, il donnait six ou sept ans... "Merci ma chère bonne-maman pour le pain d'épice, il est délicieux, je t'embrasse"... À Manuel, qui avait adressé une carte postale de classe de neige à son grand-père le 23 février 1970, guère davantage : "Pépère je te souhaite meilleurs baisers de l'ours blanc." Très frais également, le ton de cette carte adressée de Bretagne le 6 juillet 1966, jour de l'explosion de la première bombe H en Polynésie française (heureusement pour lui, le jeune expéditeur avait la tête ailleurs) : "Ma jolie Nini, bien reçu ta lettre depuis deux jours le soleil semble nous quitter et le vent se fait sentir. Je joue au football il y a cinq minutes mon doigt a été soumis au supplice de l'infirmier (pas grave). Coco." Louis, Manuel et Coco, songeait-il, sont probablement encore vivants tous les trois. Louis et Manuel pouvaient avoir aux alentours de cinquante ans, Coco dans les soixante. Cela ne changeait rien à l'affaire. Il réunissait les cartes postales anciennes comme on part à la recherche de l'émotion. Et quel concentré d'émotion enfantine dans cette carte postée de Fermanville, dans la Manche, le 21 janvier 1926 (au verso, un paysan normand) : "Mon petit papa chéri, je profite du jeudi pour écrire à mon petit papa car je vais tous les jours en classe quoiqu'il fasse bien mauvais temps aujourd'hui.

Je n'ai pas pu sortir aussi j'ai cousu avec maman. Bons baisers de ta petite Marie-Thérèse." Il avait également beaucoup de tendresse pour cette carte postale représentant la chambre de Marie-Antoinette au Petit Trianon de Versailles, adressée de Paris à Monsieur Marius Seguin, habitant à Clermont-Ferrand, par Pierre Pannetier, à une date que le cachet de la Poste effacé laissait malheureusement assez mal deviner : "Cher ami, j'ai reçu une carte postale signée Marius, mais je n'ai pas du tout reconnu ton écriture, ce qui fait que je ne suis pas sûr si c'est toi qui me l'as envoyée. Quand tu m'écriras, réponds-moi à ce sujet pour éclaircir ce mystère. Samedi on m'a présenté à mon patron, je pense travailler dans les premiers jours de janvier. C'est une maison en gros d'articles de ménage. J'espère que tu es en bonne santé, ainsi que tes parents. Je te serre amicalement la main. Ton ami Pierre Pannetier." Qui étaient ces deux-là ? Où leur amitié trouvait-elle son origine ? Le ton de la carte évoquait celle de camarades de régiment, peut-être même de tranchées, le timbre et la photographie au verso semblant dater leur correspondance des années 1920.

— Il fait un temps à écrire des cartes postales, lui souffla-t-elle en vidant son verre de porto à la terrasse d'un café, un jour de soleil, au cœur de l'hiver.

Des rêves étranges le poursuivaient depuis qu'il avait commencé à rédiger sa "Théorie de la carte postale", depuis qu'il s'y était mis sérieusement et qu'il y travaillait jour après jour, tous les matins jusqu'à midi, lorsque coulait l'eau la plus pure. Des images rivales hantaient ses nuits, l'une venait sans cesse chasser l'autre, au matin, il n'en retrouvait qu'une petite partie, et encore ces retrouvailles avec ses songes lui demandaient-elles beaucoup d'efforts. Le plus troublant, c'était la sensation qu'il avait, à l'intérieur même de son rêve, de se réveiller dans un grand lit posé au milieu d'une cabane en bois, sans plafond, ni portes, ni fenêtres, bercé par le murmure des vagues et du vent. Où était-il ? Il se levait, cherchait son cahier et ses crayons de papier et se mettait à écrire, écrire, écrire – sans se poser la moindre question de style ni éprouver la moindre difficulté d'inspiration, sans avoir besoin de savoir où était passée sa gomme, les mots jaillissaient sans regrets ni ratures – comme une carte postale de vacances griffonnée sur le quai d'une gare.

Et sa main courait d'un feuillet à l'autre, comme jamais cela ne lui était arrivé dans la vraie vie, sous la lumière blanche de sa lampe halogène. C'était quand même un rêve équivoque, celui où il devenait soudain si simple de barbouiller une page après l'autre, d'écrire un livre dans la nuit, et même deux ou trois, un cauchemar d'un genre un peu particulier dont on ne voulait pas s'éveiller. Car il était ravi d'être la proie de ce songe avec sons et couleurs. Dans le bleu de son rêve, tout se faisait carte postale : le cri des oiseaux, la fuite des lézards, les murmures de la mer. C'était la nuit, il levait les yeux vers le ciel, distinguait les Pléiades, Orion, Pégase ; c'était le jour, il plongeait les yeux dans l'eau claire, voyait nager des loches mouchetées, des daurades tropicales, des poissons-perroquets. Rouge, jaune, bleu… Dans le ciel passaient des oiseaux dont un enfant au rire clair lui apprenait les noms : pigeon vert, paille-en-queue, fou à pieds rouges. Et leurs chants ! C'était une symphonie de cris d'alarme, de lents roucoulements, de notes gazouillées, de voix fortes et de notes râpeuses. Bzzzi ! Rrrroui ! Chiou ! Tek ! Tsuitou ! Srisrisriii ! Tchitchitchi ! Tseutseutseu ! Crécrécrrré ! Cracracrrra ! Tactac ! Chioc ! Kéquéléké !… Il était émerveillé par tous ces oiseaux dans le ciel et sur la cime des arbres. Il admirait les acrobaties des uns et le vol plané des autres, heureux d'être en étrange pays, installé seul, à une petite table de bois, face à une mer qui possédait toutes les nuances du bleu, depuis un bleu sombre et profond, jusqu'au bleu très clair, transparent, qui laissait voir le fond de l'eau, les coraux, les poissons et des mollusques aux formes étranges dont il ignorait le nom. Où était-il ? Sur la table devant lui, un coquillage marbré, au marron parsemé de taches blanches, était posé sur une pile de cartes postales qu'il empêchait de s'envoler. Ce cône était d'une taille imposante : hélas, on n'emporte pas les objets de ses rêves dans les poches de sa veste. Il témoignait d'une promenade faite au bord de l'Océan, sur de larges plages au sable dru, alternativement blanc, rouge, noir. Quel dieu avait voulu cette harmonie ? Pour répondre à cette question, il aurait aimé se réveiller de son rêve, mais il ne se réveillait jamais qu'à l'intérieur même de son rêve, d'un songe à l'autre, à l'infini, toujours dans le bleu, toujours installé face à la mer, toujours enveloppé par une nuée d'oiseaux criards, toujours sur la terrasse d'un cabanon de planches sans plafond, ni portes, ni fenêtres, avec des branches de cocotier en guise de couverture. Les oiseaux semblaient se moquer de lui. Dans l'eau claire, deux requins citron menaient une danse endiablée. Du large, arrivait un petit bateau chargé d'une pêche miraculeuse, thons, bonites, espadons, mérous, barracudas. Sur la plage, des enfants bondissants, entourés de chats et de chiens, criaient de joie en les regardant approcher. Vêtues de robes rouges aux larges motifs floraux blancs, leurs mères tapaient dans leurs mains en cadence, reprenant un refrain dans une langue qu'il ne connaissait pas. Où était-il ? Il y avait de plus en plus de monde autour de lui, de plus en plus de poissons, d'oiseaux, de chiens, de chats, d'enfants bondissants et de mères tapant dans leurs mains. Et toujours ce refrain qu'il ne comprenait pas. Dans l'eau claire, les deux requins citron continuaient à tourner. Songeant à la tendresse des requins, il tira une carte glissée sous le cône marbré et écrivit à l'encre violette les mots qui lui revinrent alors : "J'étais en face de mon premier amour!" Il était toujours assis devant sa petite table, il avait repris son cahier d'écolier, il écrivait à toute vitesse, angoissé à l'idée de perdre une miette du spectacle de la nature. À un moment, il vit que les quarante-huit pages de son cahier étaient entièrement couvertes de son écriture aux lettres rondes, marges et couvertures comprises. Il chercha un autre cahier et le trouva. C'était la preuve qu'il était en train de rêver. Dans la vraie vie, on ne met jamais la main sur les choses qu'on cherche aussi rapidement. En tout cas pas lui. Son songe continuait, il ouvrait le nouveau cahier d'écolier : il commençait toujours par écrire sur la troisième page, à droite, après avoir tracé le titre de son livre en cours sur la première. Sur la troisième page, donc, il écrivit une formule dont il était assez fier, qu'il pensa d'abord exprimer au présent de l'indicatif, mais à laquelle l'imparfait convenait : "Et tout faisait carte postale." Au réveil, on ne se souvenait généralement ni de la couleur de ses rêves, ni des mots qui les avaient traversés. Mais de cette saillie, il jurait de se souvenir pour la glisser dans sa "Théorie". Car il continuait de rêver et il savait qu'il rêvait. C'était une étrange chose, car il sentait bien, avec lassitude, qu'une grande partie des mots qui lui étaient venus au cours de la nuit et si aisément serait balayée au lever du jour.

Mais pas ce raccourci lumineux solidement appuyé sur une conjonction de coordination qui semblait tirer derrière elle une précieuse cargaison de paroles dégelées : "Et tout faisait carte postale." La formule était magnifique à l'imparfait, qui se révélait décidément le temps des cartes postales. "Je retrouvais la plage, je mangeais une glace et j'étais heureux avec la mer" ; "La montagne était belle, le soleil tiède, la neige mouillée et je pensais à toi" ; "Nous roulions vers le sud, l'automne rougissait de bonheur et la terre nous racontait des histoires."

"Et tout faisait carte postale." Cette perfection de l'imparfait. Cela dit, ruminait-il dans les profondeurs de son rêve, le passé simple pouvait lui aussi faire son petit effet : "Et tout fit carte postale." On pouvait également oser le présent du subjonctif : "Et que tout fasse carte postale." Ou le conditionnel présent : "Et tout ferait carte postale." Pas mal, le conditionnel. Ainsi la carte postale laissait-elle entendre à son destinataire qu'il manquait quelqu'un : lui. "Nous roulerions vers le sud, l'automne rougirait de bonheur et la terre nous raconterait des histoires."

Il faisait ainsi des rêves pleins d'étranges pays et de grammaire légère. Écartelé entre le sommeil et la veille, il ne savait plus s'il devait vivre pour continuer à songer ou songer pour continuer à vivre. Et l'affaire se poursuivait. Il écrivait sa "Théorie" en dormant ; et des cartes postales en rêve ; et des cartes postales avec ses rêves. Trois coquillages étaient maintenant posés devant lui, une huître, une porcelaine et un bénitier. Un enfant joueur lui soufflait leurs noms dans sa langue natale, gracieuse et chantante, où toutes les consonnes semblaient aspirées.

Où était-il, depuis combien de temps rêvait-il ? Et que resterait-il de son rêve au lever du jour ? Il s'était laissé emporter, aspiré dans le bleu de ses songes. Les cartes postales n'étaient plus l'objet de son livre, elles étaient le décor de ses rêves. Il ne maîtrisait plus rien. Il était devenu un personnage dans le coin d'une carte postale de voyage où tout était bleu, même les oiseaux, même le soleil, même les nuages. Il était sous l'eau maintenant, il nageait dans l'amitié des poissons argentés, sans avoir de peine à respirer, ni de peine à écrire – car il écrivait une carte postale sous-marine. Revenu sur terre, il trouvait encore des mots pour évoquer le paysage : jolie frange d'écume blanche sur les vagues, coraux rouges, sable blanc, cocotiers.

Ainsi le bonheur n'était-il que dans les cartes postales.

Il avait cependant oublié les mers du Sud, les eaux turquoise du lagon, les îles bleu lumière et il rêvait à nouveau à Paul-Jean Toulet. Selon le témoignage de son ami le docteur Henri Martineau, médecin, poète, fondateur de la revue *Le Divan* et de la librairie parisienne du même nom, ce dernier "conservait dans une assez grande boîte de laque rouge toute une collection de cartes postales et, parmi elles, quelques lettres, qu'au cours de quinze années, il s'était adressées à lui-même".

De Suez, le 23 mai 1903, il se posta une carte représentant le paquebot *Tonkin* : "Voilà, mon cher Paul, le paquebot qui déjà escompte la gloire de vous ramener à Marseille non loin de cette corniche bénie où Roubion dresse ses tables bien servies. Quel haut-brion nous y bûmes ensemble et pourvu qu'il en reste !"

De Pau, le 29 septembre 1903, il s'expédia une vue de Calcutta : "Mon bon ami, qu'il faisait chaud et froid le jour que nous déjeunâmes là, Sailland et moi."

Le souvenir de Paul-Jean Toulet le fit revenir à son petit cahier de 48 pages rayées où s'écrivait jour après jour sa "Théorie de la carte postale". Maintenant qu'il avait fini de gamberger, il était l'heure de revoir sa belle jeunesse et ses belles années. Il avait pris des trains, connu le vrombissement des long-courriers, éprouvé les charmes des traversées en bateau. Il avait erré dans des aéroports et visité des gares d'où il avait rapporté des cartes postales du monde entier. Sa collection s'était étoffée plus vite que son livre. Cent cartes cachées dans le tiroir de son bureau racontaient des voyages, ressuscitaient l'Europe, l'Afrique, l'Asie, l'Amérique et la lointaine Océanie. Loin d'être réconforté par la présence de ce trésor coloré, il avait la désagréable sensation de s'être éloigné de son objet, de s'être trop parfaitement organisé pour le fuir. Il avait écrit le mot théorie en rêvant d'un traité classique, d'une suite de questions et de réponses d'aspect très pratique.

Quand écrire des cartes postales?

Où écrire des cartes postales?

À qui?

Comment?

Pourquoi?

Et au lieu de répondre à chacune de ces questions, il s'était enfoncé dans quelque chose de très excentrique, il s'était égaré dans ses lectures et dans ses rêves.

Il avait un plan, mais il avait avancé sans ordre, remplissant le tableau à l'aide de giclées, de taches, de coulures et de traits brossés, comme un peintre abstrait lyrique. Et pour mieux brouiller l'ensemble, il avait eu recours à des détournements, parsemant son livre de clins d'œil et d'allusions, comme autant de cartes postales des grands auteurs en confettis. Que venaient faire tous ces chromos du Pacifique, ces cartes de Tahiti et de l'archipel des Tuamotu, ces souvenirs d'une Polynésie à la fois réelle et rêvée, ces oiseaux, ces poissons, ces coquillages jetés en désordre dans son livre? Et cette débauche de grand large ? À cette question, il pouvait bien répondre : parce que le bleu. Bleu comme le ciel, bleu comme la mer, bleu comme l'âme, bleu comme le souvenir, bleu comme les portes et les volets des maisons blanches de Paros et de l'île d'Yeu, bleu comme toutes les cartes du monde.

Dans les années 1899-1910, celles que s'adressa Paul-Jean Toulet depuis Aden, Port-Saïd, Manille, Hong Kong, Canton, Haiphong, Calcutta, Delhi, Suez, Marseille, Versailles, le Mont-Saint-Michel et Saint-Malo, n'étaient pas toutes en noir et blanc, comme en témoigne ce mot, au recto d'une réclame de l'Eagle Insurance Company : "Je vous envoie cette carte, cher ami, parce qu'elle est d'un joli vert." À imiter en déclinant toutes les couleurs de l'arc-en-ciel.

Je vous envoie cette carte parce qu'elle est d'un joli rouge

Je vous envoie cette carte parce qu'elle est d'un joli orange

Je vous envoie cette carte parce qu'elle est d'un joli jaune

Je vous envoie cette carte parce qu'elle est d'un joli bleu

Je vous envoie cette carte parce qu'elle est d'un joli violet.

Il y avait beaucoup de tours à reproduire, chez Paul-Jean Toulet. Chacune de ses cartes était une leçon : éclat de l'esprit, science du moment, génie du lieu, don de la concision, instinct de l'improvisation. Et cet art du contre-pied. Il avait posté des vues de la baie d'Along depuis Pau, des panoramas bretons depuis Paris, une photographie du port d'Alger depuis Bruges. C'était un usage des cartes postales dont il convenait de se souvenir en ramenant toujours de généreuses poignées de cartes de ses voyages. Oubliées au fond d'un tiroir, tel que s'en désolait Aragon – mais lui ne songeait évidemment qu'aux cartes postales dont le recto avait été noirci de mots d'amour ou d'amitié –, elles se révélaient d'un usage presque magique quelques années plus tard. Qui niera le pouvoir d'une carte postale de Rio de Janeiro postée à Paris un jour de neige? Et l'effet coup de soleil d'une carte postale de Bora Bora? Il songeait à la surprise causée par une carte postale de la tour de Pise portant le cachet de l'United State Post Office de la 4e Avenue à New York.

En prévision de l'avenir, de tous les amis qu'il lui restait à surprendre, de tous les compagnons qu'il lui restait à émouvoir, de tous les destinataires qu'il lui restait à toucher, il avait conservé, dans ses réserves, des cartes de Pékin, de Constantine et de Papeete, des vues de Notre-Dame de Paris et d'avenida de Mayo à Buenos Aires, un cliché de Saint-Jean-Pied-de-Port et un autre de Saint-Brieuc, une vue de la tombe de Chateaubriand à Saint-Malo et deux, trois, de nombreuses cartes postales de l'hôtel Aletti à Alger, auquel l'attachait le souvenir de *Pépé le Moko*.

C'était tout ? Non, ce n'était pas tout. Il avait également conservé des cartes du cap Sounion, des vues du Parthénon, des panoramas de la cordillère des Andes et des photographies du Mont-Blanc. Sa manie d'utiliser ses cartes postales comme marque-page lui en avait fait égarer quelques-unes, mais l'heure venait toujours où il remettait la main dessus. Un an, deux ans, cinq ans, dix ans, vingt ans plus tard. Quelle rencontre, quel vertige. Dans un livre d'Albert Camus lu lorsqu'il était au lycée, il avait ainsi découvert une carte postale de Venise qu'il ne se souvenait pas d'avoir achetée. Il n'était même pas certain d'être déjà allé à Venise à l'époque où il avait lu ce livre. Cette carte postale figurant le pont des Soupirs semblait pourtant en témoigner ; et cette autre, où l'on voyait la place Saint-Marc sous la neige.

"Tendresse de Porto-Vecchio", "Salutations d'Évian-les-Bains", "Amical souvenir de Morzine", "Poignées de main de Bayonne", "Baisers de Saint-Tropez"... Les mots ne manquaient pas, pour écrire des cartes postales ; parfois le cœur.

Au café, l'autre jour, où il lisait le journal du matin en buvant un express, il avait assisté à une scène qui avait fait battre son cœur d'amoureux des cartes postales. C'était le printemps, à nouveau, il faisait très chaud et la limonade coulait à flots. Un homme, une femme et leur enfant s'étaient assis non loin de lui. Ils étaient en train de discuter du film qu'ils voulaient aller voir lorsque la mère suggéra à son fils d'aller choisir des cartes postales sur le présentoir. L'enfant, qui avait cinq ou six ans, bondit de sa place tandis que son père allait demander des timbres.

Pendant la séance de rédaction qui suivit, il fut naturellement très indiscret, tendant l'oreille pour essayer de savoir ce qui s'écrivait. Ce qui le frappa le plus, ce fut de voir la mère sortir un téléphone de poche avec annuaire, agenda, télévision, calendrier, jeux vidéo, calculatrice, boîte aux lettres électronique et tout ce qu'on pouvait imaginer comme fonctions, pour rechercher l'adresse des destinataires des quatre ou cinq cartes postales qu'elle venait de rédiger en famille. Ce n'était pas à l'encre et au papier de céder la place à la machine, c'était à la machine de mettre sa puissance à leur service – puisque dans les cafés, cela faisait quelques années qu'on ne trouvait plus d'annuaires et que les hurluberlus qui avaient l'idée bizarre d'en demander un étaient regardés comme des fous échappés de l'asile.

"Avec l'application MaCartaMoi, envoyez de vraies cartes postales personnalisées depuis votre téléphone mobile ou Facebook. La Poste les imprime et les distribue. Pour souhaiter une fête, annoncer une naissance, ou en vacances, il y a toujours une occasion pour créer sa carte." (Publicité mise en ligne sur le site de la Poste.)

Dans le quotidien *Aujourd'hui en France* daté du 7 mai 2013, entre un sujet sur les caméras piétons expérimentées dans les zones de sécurité prioritaire en Alsace et une brève sur la condamnation à trois mois de prison ferme d'un homme ayant provoqué une alerte à la bombe dans le train Paris-Toulouse suite à une dispute amoureuse, il avait lu un article sur une carte reçue plus d'un siècle après avoir été envoyée. Authentique!... "Une carte postée en 1904 à Grenoble est parvenue à destination cette année, soit cent neuf ans après! Cette carte, une vue des quais de la ville et de la rivière Isère, affranchie avec deux timbres de 5 centimes de franc, est arrivée il y a un mois à la mairie de La Chapelle-de-la-Tour (Isère). Car son destinataire, un certain Joseph Gallien, décédé en 1953 à l'âge de soixante-quinze ans, habitait là." La carte centenaire avait été remise à des petites-nièces du destinataire retrouvées par le maire. Sur la photographie reproduite par *Aujourd'hui en France* pour illustrer le texte, il avait observé que la carte postale adressée à Joseph Gallien en 1904 était rédigée du côté de l'image, comme c'était l'usage à l'époque. Fallait-il croire qu'elle avait mis plus d'un siècle pour être acheminée? Elle aurait ainsi traversé la Première Guerre mondiale, la Crise de 1929, la Dépression des années

1930, l'Effondrement de 1940, l'Occupation, la Résistance, la Libération et les Trente Glorieuses, oubliée au fond d'un sac postal ? C'était trop beau pour être vrai. Cette carte de Grenoble représentant le couvent de Sainte-Marie et le Saint-Eynard oblitérée une première fois le 9 août 1904 et une seconde fois le 20 décembre 2012, avait probablement été jetée dans une boîte aux lettres par un petit farceur de l'ère numérique curieux de savoir le chemin qu'elle allait pouvoir parcourir.

Il n'avait pas fini de s'intéresser aux cartes postales des autres. Elles lui ouvraient les portes d'un monde disparu dans lequel les gens avaient la délicatesse d'envoyer une carte postale pour se faire pardonner de ne pas prendre le temps de rédiger une lettre. Cette vue de la baie des Anges, prise de la pointe de Rauba-Capeu, à Nice, adressée le 28 février 1904 à Madame Élisabeth Coustellou, habitant rue des Cordeliers à Aix : "Chère maman, je t'écrirai un de ces jours, nous t'embrassons. Alice." Il n'idéalisait pas. Il savait qu'il arrivait aux hommes et aux femmes de ce temps de nourrir de méchants sentiments les uns à l'égard des autres. Chez un antiquaire de la rue Désiré-le-Hoc à Deauville, il avait un jour trouvé un chromo très laid représentant un œuf de Pâques et des myosotis portant cette adresse sommaire : "Monsieur Louis Bordier – Intendance militaire – Canal du Midi – Lyon

– Rhône." Et ce mot plus lapidaire encore : "Sans mes souvenirs. Noémie G."

Il aimait savoir qu'il existait jadis, sur les paquebots des Messageries maritimes, dans les bureaux de poste, les grands hôtels et les cercles militaires, des salons de lecture et de correspondance où l'on venait recevoir et écrire son courrier.

Parmi tant de cartes chinées depuis des années, il affectionnait cette vue du côté nord-ouest du Mont-Saint-Michel, avec un ramasseur de coquillages au premier plan, postée de Dinard le 9 septembre 1912, et ce message calligraphié à la plume d'oie avec de magnifiques capitales au recto : "Saison finie. Temps affreux. Amitiés. René Charon." Les gens se parlaient beaucoup de la couleur du ciel, de la température extérieure et de l'état de l'atmosphère dans leurs cartes.

Du Lavandou, le 21 septembre 1982 : "Ici, après dix jours de très beau temps, la pluie a fait son apparition, nous comptons sur le mistral pour nettoyer le ciel."

De Biarritz, le 4 juin 2001 : "Le temps est à la baignade, le soleil brille."

De l'île d'Elbe, le 3 juillet 1955 : "Le soleil est assez généreux."

De Juan-les-Pins, le 19 août 1929 : "Temps idéal."

De Ploemeur, le 23 août 1968 : "Temps splendide, une mer d'huile."

De Binic, le 19 août 1984 : "À trop écouter la météo, on fait la marée au bistrot."

De La Trinité-sur-Mer, le 19 juillet 1978 : "À défaut de soleil, nous découvrons les nuances infinies des nuages bretons qui filent sous l'impulsion du vent d'ouest et la mer rageuse qui fouette et recouvre la côte sauvage."

De Monaco, le 22 août 1965 : "Les aubes sont fraîches et belles, les soirées chaudes et animées. Nous avons eu des journées magnifiques."

Des monts du Cantal, 26 juillet 1973 : "Les premiers jours, il faisait très chaud, maintenant le temps est moyen, j'espère qu'il fera beau en août."

De L'Isle-sur-la-Sorgue, 5 août 1955 : "Nous sommes passés à travers les orages."

D'Égypte, le 6 juillet 1925 : "En ce moment, nous descendons le Nil. Inutile de vous préciser que le soleil brille, et même un peu trop."

D'Hossegor, le 8 juillet 1975 : "Quel temps avez-vous ?"

De Port-Vendres, le 13 août 1959 : "Ici la mer est très bonne."

De Carnon, le 16 août 2003 : "Ici, c'est la canicule. On espère la pluie."

Tous ces ciels, tous ces soleils, toutes ces pluies tièdes ou glacées, tous ces nuages, tous ces orages, toutes ces aubes et toutes ces nuits remémorés en quelques mots tracés au stylo sur toutes ces cartes postales avaient le don de l'émouvoir. C'était l'été sans cesse ressuscité. C'était l'éternel été, l'été de toutes les enfances, l'enfance de tous les étés. C'étaient parmi les impressions les plus universellement partagées. L'orangeade et l'herbe fraîche, les parties de ballon, l'odeur forte du soir. "Baisers", "Grosses bises", "Nous pensons à vous", "Je vous embrasse bien fort"... Qui n'avait jamais écrit de telles cartes postales? Qui n'en avait jamais reçu? Il affectionnait cette façon si simple, mais ardente et profonde, de maintenir et de tisser des liens d'humanité solide et vraie dans le monde de la séparation.

La littérature consacrée aux cartes postales était abondante, il avait tardé à s'y intéresser, de peur sans doute de se laisser étourdir par toute une documentation superflue. On l'avait compris, sa seule documentation, c'étaient les poètes, avec une prédilection pour ceux qu'il connaissait par cœur... Et puis l'important n'était pas de tout savoir sur les cartes postales, mais d'en envoyer et d'en recevoir, aujourd'hui, demain et tous les autres jours. Pour écrire de bons livres, il ne s'agissait pas d'être bien documenté, comme on l'imaginait naïvement, mais d'avoir bien vécu, de s'être souvent perdu et toujours retrouvé. Pour composer une "Théorie de la carte postale", il fallait en avoir gribouillé en quantité et en gribouiller toujours beaucoup. Depuis le début du XXIe siècle, l'accès instantané à des milliards de données sur Internet avait suscité la mise sur le marché de livres joufflus et bavards comme des cancres savants, des ouvrages de premiers de la classe trop bien renseignés sur leur sujet, des textes immobiles, sans élan et sans folie, lestés par un savoir mort sorti du ventre numérique de la Grande Machine. L'érudition était devenue une farce électronique : elle ne sentait plus ni la bibliothèque, ni les grands airs, ni surtout les obsessions très anciennes et très personnelles. Le recours des écrivains à Wikipédia polluait une bonne partie de la littérature contemporaine. Tant de livres wikiplombés, si peu de caractère.

On voulait tout savoir sur les cartes postales ? Il suffisait de cliquer. Il n'avait pas cliqué, mais ne s'était cependant pas interdit de prêter attention à la littérature consacrée aux cartes postales. Il aurait aimé mettre la main sur *Réservé à la correspondance*, un livre de Robert Giraud publié chez Denoël en 1965. Ancien résistant des maquis d'Auvergne devenu journaliste puis bouquiniste sur les quais de la Seine, amateur d'objets insolites et de mots d'argot, Bob Giraud possédait une collection personnelle de quarante mille cartes. Dans son livre, il racontait forcément des choses dignes d'intérêt. Cet amoureux des vieux papiers n'était pas un érudit à la mode numérique. Poète et chroniqueur, ce flâneur méthodique savait tout sur tout. Dans *Réservé à la correspondance*, il avait rassemblé le bavardage exemplaire de quelques cartes postales envoyées au début du XXe siècle. Bob avait le sens des mots, on pouvait bien savoir, avec certitude, que son recueil était captivant.

Hélas, il n'avait jamais trouvé *Réservé à la correspondance* ni chez les bouquinistes, ni en bibliothèque. Néanmoins soucieux de mieux connaître ce que certains amateurs regardaient comme un âge d'or, il s'était acheté *La Carte postale des origines aux années 1920* de Daniel Bénard et Bruno Guignard, paru en 2010 à Saint-Cyr-sur-Loire, au cœur de la riante Touraine. La lecture de ce livre illustré lui avait permis de savoir l'essentiel sur le fameux rectangle de carton imaginé vers 1865 et officiellement introduit en Autriche en 1869, rompant avec l'antique usage des correspondances cachetées. En France, la carte postale fut autorisée par une loi du 20 décembre 1872, après quelques essais durant la guerre de 1870. Les premières cartes, un rectangle de 12 x 8 cm, furent exclusivement imprimées par les services postaux avant qu'un arrêté de 1875 n'autorisât les cartes de fabrication privée.

À l'origine, on écrivait quelques mots au verso, sur la photographie ou dans l'espace réservé par l'éditeur à cet usage, et l'adresse du destinataire au recto. La popularité de la carte postale illustrée fut immédiate. La semaine de son entrée en usage, en janvier 1873, on en vendit près de sept millions et demi !... Avec les premières cartes postales photographiques, apparues à Marseille en 1891, cette faveur, où se retrouvaient le bourgeois et le populaire, ne cessa de croître. Il avait fallu moins de dix ans aux cartes postales pour devenir des objets de la vie quotidienne.

C'est une loi du 1er mai 1904 qui autorisa en France la correspondance au recto. Grâce à l'Union générale des postes, établie en Suisse et devenue l'Union postale universelle en 1878, de nombreux pays s'étaient mis d'accord sur la définition de la carte postale – elle devait circuler à découvert, sans bande, ni enveloppe et porter la mention "carte postale" – et sur un tarif d'affranchissement international.

À l'origine, la carte postale avait l'avantage d'être une correspondance plus légère et plus économique qu'une lettre. En 1900, on affranchissait une carte envoyée dans la même circonscription postale avec un timbre à 10 centimes. Un demi-tarif fut accordé aux cartes portant cinq mots au maximum (plus la signature) à partir de 1909 et une ristourne supplémentaire aux cartes sans correspondance portant une simple signature à la gauche de l'adresse du destinataire dans les années 1920... Quel raffinement byzantin dans la grille des tarifs... À l'international, on faisait la différence entre les cartes qui circulaient par voie de terre et par voie de mer. À ce qu'il avait compris, on vit ainsi naître toute une civilisation de la carte postale, à laquelle

Bénard & Guignard associaient l'émergence d'une sociologie de la carte et surtout l'apparition d'un "style carte postale", quand il s'agissait de bricoler des phrases à 1 centime le mot... En découvrir quelques exemples dans *La Carte postale des origines aux années 1920* fit son bonheur. Pour l'amour : "Mon pauvre cœur vous appartient" ; l'amitié : "Venez me voir demain midi" ; les affaires : "Pouvez signer suis avec vous" ; la bagatelle : "Où vous rencontrai-je hier ?"

Aujourd'hui, on pouvait écrire autant de mots qu'on voulait. Le tarif "carte postale" avait disparu depuis longtemps, la Poste n'accordant plus de ristourne aux poètes capables d'exprimer leurs joies, leurs soucis et leurs espérances en cinq mots.

Enfin, il avait retrouvé Paris et la présence rassurante des marchands de cartes postales à presque tous les coins de rue : kiosques à journaux, librairies, papeteries, magasins de souvenirs. Il maudissait les villes qu'il avait connues sans marchands de cartes postales. À Paris, on vendait des cartes postales dans le hall des gares et les couloirs du métro, en haut des Champs-Élysées et au pied de la butte Montmartre. Mais il n'y avait pas que les visiteurs étrangers qui achetaient des cartes postales. Dans le Quartier latin et autour de la place de la Bastille, aux abords du forum des Halles et tout au long de la rue de la Convention, des librairies où s'obstinaient l'amour de l'art et le goût de la pensée proposaient de gentilles cartes que des amateurs délicats adressaient à des amis habitant deux ou trois arrondissements plus loin. Ces cartes reprenaient des citations des grands auteurs, ou bien leur portrait : Hugo, Baudelaire, Proust. Quelques peintres avaient droit au même honneur : Picasso, Braque, Yves Tanguy. Il avait une affection particulière pour les cartes reproduisant les slogans politiques des années 1960 et 1970 ; cet enfant de six ans photographié sous les mots "Le pouvoir est au bout du fusil" ; cette jeune femme rouge toujours plus belle tendant le poing sous une banderole proclamant : "Les syndicats sont des bordels." Il n'y avait que les vers des *Illuminations* de Rimbaud pour se faire si spontanément et si génialement carte postale.

"J'ai embrassé l'aube d'été"

"Rumeurs des villes, le soir, et au soleil, et toujours"

Seul Rimbaud et ses *Illuminations*? Il avait peut-être été un peu expéditif. Il devrait chercher dans l'*Odyssée*, pour écrire des cartes postales qu'il ne serait pas nécessairement obligé d'envoyer depuis la Grèce ; sans avoir besoin de revoir la Grande Muraille, il relirait les vieux poètes chinois de l'époque des Tang. Et Proust, ses *Carnets*... Des giclées futuristes... Des coulées d'art brut... Des cartes postales automatiques... "Dimanche à Paris, à Cabourg train file"… "Combray St Hilaire etc. soleil"… "arbres de Belle-Île autos à Honfleur belles maisons de paysans"… "désir de Venise déjà vue, chaleur bleue, midi, faim, sortir de chez soi"…

Lorsqu'ils eurent joui des plaisirs de l'amour, ils s'adonnèrent au plaisir des cartes postales.
d'après Homère

Accessible à certaine nostalgie, il avait cependant peu de goût pour les cartes postales en noir et blanc représentant le Paris d'autrefois qu'on réimprimait sans cesse et qui avaient l'air de bien se vendre chez les marchands. On y voyait des enfants à la sortie de l'école avec leurs gros souliers et leur lourd cartable, des fillettes faisant du vélo, des amoureux à bord d'une deux-chevaux. Cette nostalgie trop bien peignée ne le touchait pas. Il ne parvenait pas à retrouver dans ces clichés la présence familière de la vieille capitale qui lui étreignait le cœur et lui mouillait les yeux dans deux vers de Charles Baudelaire ou de Guillaume Apollinaire. Peut-être parce que dans la plupart de ces vues, la pose était prise, le temps arrêté, la vivante rumeur de la ville étouffée. Alors que la capitale ne cessait pas de bourdonner et le temps de passer dans *Les Fleurs du mal* et *Alcools*. D'où venait-il que la poésie lui avait toujours causé un frisson plus vif que la photographie ? D'où venait-il qu'au verso des cartes postales, il préférait décidément le recto ?

Paris, capitale des cartes postales. Cette image lui était venue passage des Panoramas, du côté des Grands Boulevards, où il aimait mettre ses pas dans ceux des promeneurs romantiques et de leurs héritiers modernes. Longtemps après qu'Aragon avait écrit *Le Paysan de Paris* et traqué quelque chose de magique en se perdant dans la grande ville, il était permis de se laisser enivrer par le charme mystérieux et surréaliste de cette ruelle intérieure, ouverte entre deux immeubles, où l'on vendait des cartes postales du monde entier. Il n'était pas collectionneur, c'était dit, mais il avait acquis là des vues panoramiques de Buenos Aires et de Montevideo, rêvé en découvrant une carte postale de l'Aéropostale transportée en Patagonie sur un Laté 25 piloté par Antoine de Saint-Exupéry, acheté pour un ami une étonnante carte sur laquelle on voyait l'aviateur Jules Védrines poser son Caudron G-3 sur le toit des Galeries Lafayette. Paris, capitale des cartes postales… Où avait-il lu que les cartes postales représentant la tour Eiffel s'étaient vendues à cinq milliards d'exemplaires depuis 1899 ? Il ne savait pas très bien s'il fallait soustraire les années de guerre du calcul, mais cela ne faisait pas loin de cinquante millions de cartes de la tour Eiffel imprimées chaque année. Lui, pourtant, était certain de n'en avoir jamais acheté ni envoyé. Avec les écrivains et les artistes qui contestèrent solennellement l'érection de la tour Eiffel au cœur de Paris, il la maudissait. Même pour rappeler à sa femme que *nous aurons toujours Paris* ou que *Paris est tout petit pour ceux qui s'aiment, comme nous, d'un si grand amour*, il ne lui serait jamais venu à l'idée de choisir une vue de la tour Eiffel, cette Babel de fer qu'il s'obstinait à ranger parmi les trois monuments les plus laids de Paris, avec le Trocadéro et le Sacré-Cœur. Heureusement, à l'intérieur du Trocadéro, il y avait les collections du musée de la Marine ; et à la boutique du musée, des cartes postales choisies : un petit navire à vapeur, l'arsenal de Toulon peint par Horace Vernet, le porte-hélicoptères *Jeanne d'Arc*. À l'occasion d'une exposition consacrée au peintre et illustrateur breton Mathurin Méheut, il avait découvert dans une vitrine une carte postale du paquebot *Le Provence* affranchie en 1914 avec ce texte extraordinaire écrit sur l'image, comme continuaient alors de le faire les gens qui avaient conservé les vieux usages : "Voici notre adresse : Mr Méheut, chez le Directeur de l'Aquarium de Honolulu aux îles Hawaï, par San Francisco, Amérique."

Il aimait les cartes postales de la Réunion des musées nationaux, ainsi celles qu'on trouvait au Louvre, aux Invalides, à Cluny. Elles étaient plus attrayantes, plus riches de souvenirs et d'impressions, que ces cartes ternes, sans éclat et sans grâce, disposées à Paris dans les lieux stratégiques du tourisme de masse : l'Étoile ou Montmartre, Notre-Dame ou le Champ-de-Mars. Il était toujours de bonne humeur lorsqu'il quittait un musée avec des cartes postales glissées dans sa poche.

Et combien de cartes postales lui restait-il à écrire ?

Et combien d'existences à vivre ?

Cette histoire se racontera au futur. Il aimera les cartes postales, il en écrira, il en recevra. Tout recommencera comme la première fois. Il se promènera à Paris, au cœur de l'été, retrouvera le serrement de cœur qui inspira les premiers mouvements de sa "Théorie de la carte postale". Il renouvellera la ferveur. Il se souviendra de ce livre dont il aura longtemps rêvé et qu'il aura fini par écrire. Il prendra la ligne 10 du métro, à La Motte-Piquet-Grenelle par exemple, et descendra à la station Maubert-Mutualité, pour entendre résonner le tic-tac et la mécanique de sa "Théorie" comme au premier mot, à la première heure. Il remontera la rue de la Montagne-Sainte-Geneviève en ruminant des slogans avec lesquels, autant qu'avec les vers, on écrit d'excellentes cartes postales – "Ne travaillez jamais", "Ayez des idées", "Explorez le hasard". Le cœur léger, il débouchera sur la rue des Écoles et tournera encore une fois sur la droite, en direction du boulevard Saint-Michel.

Ce jour plein de soleil, tout frémissant d'un bonheur jaune, il se félicitera d'avoir cessé de parler de sa “Théorie de la carte postale”, cessé de se faire le raconteur perpétuel de livres qu’il n’écrivait pas, et de l’avoir enfin brodée avec du fil doré, comme il se l’était promis. Il se répétera les noms de Robert, de Philippe, de Cristelle, de Pierre, de Paule, de Thérèse, de Louise, d’Aline et de Papa Brisson. En avançant sur le trottoir de droite, laissant à sa gauche la rue des Carmes et la rue Jean-de-Beauvais, il se demandera probablement ce qu’il savait de sa “Théorie de la carte postale” à l’instant où il prit la décision de s’y atteler avec sérieux, heure après heure, jour après jour. Pourquoi la sensation est-elle si forte chez l’écrivain que si la composition d’un livre le mène un jour où il veut aller, à travers une forêt âpre et farouche, par une route qu’il a lui-même dessinée, une mystérieuse superstition, ou une secrète terreur, l’empêche presque toujours de se retourner pour admirer le chemin parcouru ? Il cherchera peut-être la réponse, ne la trouvera pas et ne s’en souciera guère. Il sera enchanté au souvenir des lecteurs qui auront aimé sa “Théorie de la carte postale”, contrarié à l’idée qu’on aura pu aussi la blâmer.

Est-ce qu’on est sérieux lorsqu’on écrit des cartes postales ? Est-ce qu’on est sérieux lorsqu’on écrit une “Théorie de la carte postale” ? De même qu’il n’aura jamais daigné s’interroger sur l’utilité ou l’inutilité d’un livre – il n’existait en vérité que deux sortes de livres : les bons et les mauvais –, il se souviendra qu’il n’aura pas souhaité répondre à cette question, justement parce que là n'était pas la question.

En apercevant la façade noble et grise de la Sorbonne sur sa gauche et à sa droite le mur d'enceinte du musée de Cluny, derrière les arbres de la place Painlevé, il songera à la tenture de la Dame à la licorne, motif de si nombreuses cartes postales, au dos desquelles il suffisait d'écrire "À mon seul désir" pour renouer avec la lumière du Moyen Âge et les enchantements de l'amour courtois. Du temps aura passé, depuis l'époque de la rédaction de sa "Théorie de la carte postale", mais il n'aura pas cessé d'être saisi par de soudaines envies d'en acheter et d'en envoyer. Il n'aura toujours ni tablette numérique, ni gadget électronique pour communiquer en temps *réel* avec ses contemporains, mais toujours un stylo *par-devers lui* et quelques timbres glissés dans son portefeuille pour s'adresser à eux en temps *différé*.

À la boutique du musée du Moyen Âge des Thermes et de l'Hôtel de Cluny, à l'intérieur duquel il ne résistera pas à l'envie de se glisser après avoir traversé les salles à grandes enjambées, il ne découvrira pas seulement des puzzles, des bijoux d'argent et des coussins brodés, mais également de très élégantes cartes postales – et même des cartes doubles, avec enveloppes, pour les bavards méfiants à l'égard du facteur et jaloux de leurs mots. Il trouvera des reproductions de ses œuvres favorites, et naturellement celles de la tenture de la Dame à la Licorne. Il sera amusé par les cartes reproduisant des détails de la tapisserie : deux lapins, un singe, un renard. Il ne choisira pas, il prendra tout, la Dame, les lapins, le singe, le renard et retrouvera la rue des Écoles en songeant aux conseils qu'il aura donnés, dans sa "Théorie", à ceux qui ne savaient pas ou qui n'osaient pas écrire des cartes postales, persuadés de manquer d'idées alors que seuls comptaient les mots. Arrivé au croisement avec le boulevard Saint-Michel, il aura sans doute déjà trouvé quelques mots, des mots dorés pour la Dame, des mots bleus pour les lapins, des mots rouges pour le singe, des mots verts pour le renard. Et quand il traversera le boulevard, déjà quelques phrases pour ses correspondants. Il continuera alors par la rue Racine, tournera à droite rue Monsieur-le-Prince et descendra jusqu'au carrefour de l'Odéon.

À la terrasse encombrée de la brasserie sur la droite, il trouvera un guéridon libre, s'installera entre deux Japonaises et un couple d'Italiens, posera ses cartes postales devant lui, commandera un vittel-menthe et, comme il aura oublié son stylo à la maison, pour la première fois il osera demander : "Garçon, de quoi écrire."

Saint-Lunaire, Papeete, Versailles,
août 2012-août 2013.

OUVRAGE RÉALISÉ
PAR L'ATELIER GRAPHIQUE ACTES SUD
ACHEVÉ D'IMPRIMER
EN MARS 2014
PAR L'IMPRIMERIE FLOCH
À MAYENNE
POUR LE COMPTE DES ÉDITIONS
ACTES SUD
LE MÉJAN
PLACE NINA-BERBEROVA
13200 ARLES

DÉPÔT LÉGAL
1re ÉDITION : FÉVRIER 2014

N° impr.: 86683

(Imprimé en France)